行走的达兰喀喇

侯志明 著

四川文艺出版社

图书在版编目（CIP）数据

行走的达兰喀喇/侯志明著. —成都：四川文艺出版社，2017.12
ISBN 978-7-5411-4840-8

Ⅰ.①行… Ⅱ.①侯… Ⅲ.①散文集－中国－当代 Ⅳ.①I267

中国版本图书馆CIP数据核字（2017）第301557号

XINGZOU DE DALANKALA
行走的达兰喀喇

侯志明 著

责任编辑	余　岚
封面设计	刘　亮
内文设计	史小燕
校对设计	蓝　海
责任印制	喻　辉

出版发行　四川文艺出版社（成都市槐树街2号）
网　　址　www.scwys.com
电　　话　028-86259287（发行部）　028-86259303（编辑部）
传　　真　028-86259306
邮购地址　成都市槐树街2号四川文艺出版社邮购部　610031
排　　版　四川胜翔数码印务设计有限公司
印　　刷　成都东江印务有限公司
成品尺寸　140 mm×203 mm　1/32
印　　张　8.5　　　　　　　字　数　150千
版　　次　2017年12月第一版　印　次　2017年12月第一次印刷
书　　号　ISBN 978-7-5411-4840-8
定　　价　45.00元

版权所有·侵权必究。如有质量问题，请与出版社联系更换。028-86259301

"达兰喀喇"是蒙古语,意思为"70个黑山头"的阴山。

晓看红湿处 花重锦官城
——序《行走的达兰喀喇》

吉狄马加

侯志明同志送来即将出版的书稿，希望我能写几句话作为序言，作为相知的好友和文友，我为他高兴，自是欣然应允。

志明同志出生于内蒙古，毕业于淮北煤炭师范学院（今淮北师范大学），在东北沈阳从事多年的新闻媒体工作后，于1999年调至四川，与天府之国结下不解之缘，从此足迹踏遍绵阳、内江地区，洒下一路人生的豪迈。如今，志明同志将其多年来行诸笔端的人生轨迹与心路历程，汇集成册、付梓出版，可谓恰逢其时，他将文集取名《行走的达兰喀喇》，亦颇有深意。

读志明同志的文集,感受最深的就是一个"情"字贯穿始终。这从他的书目中可见一斑:他将全书分为感恩、感情、感物、感言、感事数辑,及至最后的篇外、跋文,也无一不是以情字为重。翻开他的文集,可谓文风朴实无华、文笔流畅潇洒、文字言简意赅,颇具形散而神不散的散文精髓。

在本书的开篇——感恩辑中,每一篇可谓短小精悍、却又情感深厚,袒露了作者情深似海的感情世界,每每读之眼眶湿润。在《母亲》和《感谢母亲》两篇散文中,我记住了名叫王梅女的一位母亲形象,她慈祥而善良;在《父亲》《无家可归》等篇什中,我又记住了"当我从疼痛的睡梦中哭醒时","发现自己却被坐着的父亲紧紧地搂在怀里"的情节,那一位不善言辞的父亲,仿佛也是许多人共同的父亲形象——可以说,志明同志的文笔是朴素的,他笔下的父亲和母亲形象也是亲切、真实、淳朴,栩栩如生的。志明同志的文笔也是细腻生动的,我会不时地被他文中的细节描写所触动,比如在《想吃一碗馄饨》文中,他描写道:"若明若暗的火光正舔着锅底,一缕细细的烟气飘出来散在空气中",我仿佛也嗅到了馄饨的味道。我们都是为人之父,读到他写给儿子信中的文字,其父辈对于下一代的殷殷情愫,便跃然纸上,也不禁让我想起自己的孩子来。我认为,志明同志正是抓住了文学的本质：生活是文学创作的渊源，而真情是文学的命脉。

除了表达亲情、恩情的散文外，志明同志还有一些文字，有因一事一物引发的感慨，有旅行途中的见闻，有奇思妙想的小品文，还有如《夏之短章》《冬之短章》《小草·狗·骆驼》等散文诗短章，莫不是以情寄物、以物抒怀，这些文章之所以好读，还是贵在于"真情"至上。

志明同志的书中，有一篇分量很重的《痛定还痛》，这是一篇关于"5·12"汶川特大地震发生前后的记录，可能是因为时间紧迫的关系，文字虽略显仓促，但是它恰好真实地再现了那一场震惊中外的特大地震："灾难是可怕的，但灾难中的一些奇迹也往往令人惊叹。"我想，志明同志文中描述的大地震发生的故事，一定会给读者带来灵魂的拷问。

纵观全书，志明同志的散文、随笔、小品，应该说篇篇好读，倘若有报刊开设一个专栏，也定会有读者在读过了一篇之后，还会期待着读到下一篇。因为，我正有此愿望，希望再读到志明同志其他更多的文字。

志明同志出生于六〇年代中期，正值年富力强，乃是人生事业与文学创作的黄金时代，如今身居四川省作协领导岗位，他一生以文学为追求且默默耕耘多年，我们期待他为广大四川作家做好服务的同时，创作出更多更好的文学作品奉献给文坛。美丽富饶的天府之国首府成都，曾是诗圣杜甫的寄居地，志明同志有幸赴诗圣之后继，正所谓"晓看红湿处，花重锦官城"，愿志明同志胸怀国家民族与天下苍生的大情怀，在中华民族复兴的伟大时代，创造出人生与文学的辉煌。

是为序。

2017 年 8 月 8 日

个中午才凑够的。知道了真实情况后,志明痛上心来,陷入深深的自责。志明从他记事起,父亲就爱喝一点酒。有一次,还未上学的他,把父亲的半杯酒弄洒在炕桌上。父亲一见,急忙跳上炕,双膝跪着,手撑桌角,嘴贴桌面,把洒的酒吸进嘴里。这一幕让志明深感愧疚,并萌生了长大后要挣钱给父亲买酒喝的想法。就在这年过春节时,母亲给了他四元钱,让他上商店给自己买一双鞋和一双袜子,因为他的鞋袜早已烂得露了脚趾。然而他没有给自己买鞋袜,见别人在商店里争相买酒,他心里一突,便拿四元钱给父亲买了一瓶酒。他高高兴兴把酒拿回家,父亲不但没有高兴,没有夸他,还骂了他,打了他。父亲骂他是败家子,说像他们这样的人家,怎么喝得起这么贵的酒呢!父亲拎着他的脖领,把他拉到母亲跟前。他的手冻麻了,又心慌害怕,抱在胸前的酒瓶掉在了地上。他赶紧扑倒在地,哭着想把酒瓶抱住,可酒瓶已经碎了,一块玻璃碴子扎进了他的手背,鲜血立即流了出来。夜里,他在睡梦中疼得哭醒时,发现自己被坐着的父亲紧紧搂在怀里。父亲一手托着他受伤的手,一边亲他的脸。父亲哭了。他知道了父亲的眼泪是咸的。

我在志明的散文集里读出了两个字:感恩。他对父母感恩,对妻子感恩,对老师感恩,对同学感恩,对同事感恩,对山川感恩,对土地感恩,对一草一木,包括自己所受的苦难，都怀有感恩之心。志明的散文集分为多辑，果然，第一辑就是感恩。依次是感情、感物、感言、感事、篇外。不管志明写什么，都是有感而发，篇章里都有感恩的意思。可以毫不牵强地说，感恩之情贯穿在志明散文集的始终。

一个常怀感恩之心的人，他的心必是一颗敏感的心，真诚的心，善良的心，悲悯的心，忏悔的心，知恩必报的心。读志明的散文，我突然悟出来，人类的感恩之心，原来是世间一切文章的文心啊！

2008年3月26日于北京和平里

处处为家处处家

阿 来

去年底,单位来了新书记。

一看就是长期从事行政工作的人。头发一丝不乱,衣着齐楚整饬。工作起来,认真而有条理,和那外在的持重形象十分吻合。讲普通话,又带一点山西人的腔调,不那么字正腔圆,听上去反倒显得亲切,有同事说,这种腔调听起来总显得语重心长。就这样,慢慢在工作中交集。慢慢听他透露出一些身份信息。内蒙古四子王旗人。必补充,"回收神舟载人飞船的地方"。后来又一点点知道,曾当新华社记者,在东北工作。再来四川。记者转行做行政工作。当过地级市领导,又到国企工作。

然后来了我们作家协会。一起商量工作,组织活动,开会,下乡。半年多了,一起吃过好多工作餐,却没有一起喝过酒。他来就应该接个风的,但如今不提倡这个,自己掏钱专门设饭局,也显得俗套。第八个月的时候,才在别的朋友做东的饭桌上喝了第一顿酒。关于他个人的情形,所知依然不多。

昨天下午,他走进我的办公室。我以为又有什么工作上的事要商量。结果他说,要出版散文集《行走的达兰喀喇》,要我写些话在前面。说实话,这出乎我意料。这个人含蓄,口风紧,到作家协会来工作,却没有说过"我也写作,我也热爱文学"。

昨晚,还和他一起工作,请几位文博行业的专家,听他们对作协一项工作的建议,回去才看他发到我邮箱里的散文集的篇目。文章是分辑精心编排过的。"感恩"和"感情"篇讲亲情。母亲、父亲、儿子。其对父母儿子的一往情深自不必说,他自己作为儿子出门远行,去外省,再去另一个外省,而到他这里,又要送自己的儿子远行,这回是去外国了。其中,最重要的原因是教育,中国的家庭靠教育改变,家国相连,无数家庭因教育而改变,而上升的轨迹正是中国这个国家日渐进步与改变的一个缩影。

一个人命运改变最重要的方面就是接触的世界越来越宽广。这在这本集子里也可以看到。"感言""感物""感人"和"感事"篇正如文集的标题中的那两个字"行走"。行走即是经历，经历则有体验，有感悟，文学表达从古到今，最重要的功能就是为体验与感悟提供手段。文学书写的确可以加深和拓宽人生的深度与广度。今天，有很多关于散文的讨论，各种意见自是异彩纷呈，但最重要的，还是真实的人生经历，真实的情感，以及基于这两种真实之上的有根有据的体悟。不然，任何路径都会成为散文的歧途。

当文学写作日渐成为专业化竞技时，这本书可以带给我们另外一个方向的思考。这就是作者自己在跋中提到的"非专业写作"。我们应该更多地关注这种更接近文学表达本意的写作。这或许是更真切，更具生命本真意义上的表达。他还在跋中说，这本书原题是《无家可归》。侯书记同志，我看倒是大可不必，世界如此广大，虽然乡愁浓重，但世界一经展开，人生必然就越来越开阔，必然就要"处处为家处处家"了。这首词还有两句也补在这里。"一段天香飘海角，万重相思去天涯。"在四川安顿又一处家园，也是不错的选择，即便冬意日浓，君不见，芙蓉刚落不久，蜡梅又要开了。

来不及更细品味了，他透露消息很晚，催稿也急，还要把我的这些话也附在书里面。我要告诉读者朋友的是，我的这些话可以略过不看。因为他自己的文字，才是这本书得以存在的理由，是真正有价值有意义的部分。

我看这本书中的文章，最后一篇写于十多年前，这是不是意味着，我们可以开始期待第二本书了。

2017 年 11 月 30 日

目录

感恩

003 母亲

007 父亲

011 无家可归

015 师恩难忘

022 感谢母亲

028 月照相思

031 写在第十八个纪念日

感情

039 想吃一碗馄饨

100	止于STOP的联想和启示
105	肯尼亚，你的名字叫神奇
111	走近『高贵的野蛮人』
115	一张特殊的贺年卡
119	熬糖饧
123	老屋
129	怀念家的粮仓
135	老树
137	老井
141	感　言
143	跳蚤的启示
	夏之短章

042 母校杂忆
046 给儿子的信(一)
050 给儿子的信(二)
053 伤情苦旅
057 乔迁之痛
060 煤矿，那些抹不去的记忆
069 感念擦鞋(hái)子的

感 物

075 尘埃里的花
079 爱你，哈仙
086 送险亭，一个血泪之亭
092 拜谒报恩寺

篇外 痛定还痛 *191*

跋 *243*

145	冬之短章
147	小草·狗·骆驼
149	父亲有句至理名言
153	人生不过『出』与『进』
	感　事
161	医　愚
165	说『酒』话
170	吃　节
177	难得不糊涂
181	荒谬的逻辑
184	期待儒商

感 恩

母　亲

女人固然是脆弱的，但母亲却是坚强的。

大学毕业时，年轻气盛，信奉四海为家，便抛下父母，来到了东北。走时兴奋得竟没有理会母亲好几个夜晚的叹息。

在外闯荡了四五年，自己也为人之父了，不再那么冲动，才觉得应该回家看看父母了。于是去年夏天，带着四岁的儿子回到了老家。

离别四年后，见母亲头发已经花白，皱纹又添了许多，而衣服依旧是那几件打了补丁的，我的心便立刻难受起来。而母亲第一次见到孙子，却是喜上眉梢。她老人家一边乐着一边从箱子里拿出一个纸笸箩。笸箩里盛着一半花生一半瓜子。母亲兴奋地跟我说，瓜子是去年自己家收的，花生是过年时买的，知道今年夏天我们要回来，因此过年时全家人只吃了一点点。母亲端着这些东西宝一样地径直递给了孙子，满以为孙子会喜欢，不料孙子抓了一把尝了尝，便很不高兴地全扔了。但见母亲忽然愣在了那里。

看见这一幕，我一把拉过儿子，说："非非，奶奶的瓜子好吃，来爸爸给你嗑。"可儿子不买我的账，硬着嘴说不好吃不好吃！在我和儿子僵持的过程中，母亲的脸上艰难地掠过一丝笑容，然后轻轻地叹了一口气。我看着母亲难过的样子，便在儿子的屁股上狠狠地拧了一把，儿子号啕大哭起来。母亲见我打哭了孩子，自己的眼泪已先流到了腮边。孩子不吃，我便一边捡孩子扔掉的，一边吃了起来。母亲说："时间长了，怕是有了霉味，不好吃就别吃了。"可是我却连声说好吃，挺好吃，只是外边有点霉味，里边没发霉，还挺香。我这样说，母亲自然知道我是在安慰她，但她仍然还是显得有点高兴。

其实，从我上学起，家里只要有什么好吃的，母亲总是要留给我一份。当然在当时最多和最好的也只有花生和瓜子，因为在北方的农村实在没有什么好吃的。但是以前的我也没少像儿子那样，因为一点点不如意就无情地扔掉这些东西。那时，我何曾想过，这些小小的东西包含着母亲一颗滚热滚热的心。俗话说"不养儿不知道父母恩"，我有意识地去咀嚼这些带霉味的瓜子，并能仔细地品出其中的味道，竟然是在我为人父后。因此，当我面对这个坏了一层被母亲补上一层的筐篓时，我忽然觉得羞愧难当，无地自容。我也忽然觉得我实在没有资格打我的儿子。因为我在比他大二十岁的时候，还仍像他一样不懂事。

那天夜里，我一直没有睡着。越是感到愧疚，越是有许多有关母亲的事于脑海浮现。

那是上高中的最后一年的夏天，我住在离家十多里的学校里，因为家里没有按时把每月二十斤面和五元钱交到学校，我便被学校点名回家取面。为这件事，我回家后满腹委屈地向父母发了很大的脾气，甚至说了父母根本不关心我之类的气话。父亲很生气，但是母亲只是说，"这两天家里太忙，明天你去和老师说说，下午妈就给你送去。"第二天下午，快放学时，母亲冒着盛夏的酷暑，跋涉十多里路，把二十多斤面给我背到了学校。我不知道，瘦弱的母亲是怎样负重走来的。我只记得，那天，汗水湿透了母亲的衣衫，也斑斑驳驳地印在了粮袋上。然而，这件事先前在我的心中并没留下什么痕迹。后来，我上了大学才知道，当时并非是家里忙，而是家里没有一点粮食了。这二十多斤面，是母亲冒着酷暑在村里借了一个中午才凑够的……

于是，这件我满以为发泄了一下自己委屈的事，不曾想却是一件愚蠢透顶的事。而母亲似乎并没有放在心上。然而，也正是因为母亲如此宽厚慈爱，使我愈发不能原谅自己。

这之后，我便常常想，该调回老家去，守在父母身边，尽点儿女的孝道。然而有妻子有孩子，一则思想不易统一，二则回去可不比离去时容易，纵有想法也很难实现。但是不管怎么说，好好孝敬一下父母的念头还是在我的心中萌生了。于是这年探亲回来后，我便给母亲第一次寄了五十元钱，并为她老人家买了一件很讲究的上装和一双呢子面料的鞋。做着这些事的时候，我的心里坦然了许多。

可是，这年冬天，当我又回到老家时，发现母亲并未穿我为她买的新衣服和新鞋。我打听后才知道，原来母亲接到我寄来的衣服和鞋，试都没有试就拿到商店托人代卖了。

我没有就这件事问过母亲，因为我已经懂了，对于一生中只为别人、而从来不为自己的母亲来说，在这个贫穷的家里，她要努力多攒点钱，好让仍在上学的她的最小的儿子尽量宽裕点。对于母亲来说，这是她唯一的选择。

这便是我的母亲，一个普普通通的中国农村妇女。

1991年于沈阳

父 亲

记得有句谚语说,父亲和儿子的感情是截然不同的:父亲爱的是儿子本人,儿子爱的则是对父亲的回忆。这话仿佛是说给我的。

父亲的一生,大多是在乡下度过的。

父亲似乎天生与酒有一种不解之缘。从我记事那天起,就记得每天晚饭后,父亲面前的小桌上总是放着一个酒盅和十几颗花生豆,有时还有一碟小咸菜。酒盅是黄铜做的,据说已祖传了三代,因此,每次父亲拿出这只酒盅,对我都是一个极大的诱惑。

父亲并不多喝酒,可是每次总要喝上好长时间。很多时候,他喝酒时,我就站在一边静静地看。有时父亲高兴便会从那小小的碟子里,拿出两三颗花生豆放进我的嘴里,让我安心地去睡。可我希望的并不是这个,而是父亲喝完了酒,将他那只酒盅给我,让我以水代酒学着父亲的模样干几杯。

有一次,父亲又摆上了那只酒盅和一碟花生米。父亲喝了一口起身出去了。我便急忙地将酒盅拿到手中,准备做个想象中的男子汉一饮而尽的动作。不料酒杯里还有半杯酒,呛得我上不来气,酒盅也"啪"的一下掉在了桌子上。父亲听见响声,转身推门回来,见酒洒了满桌,便急忙跳上炕来,双膝跪着,用手撑住两个桌角,嘴吻到桌面上,把我洒了的酒慢慢地吸进嘴里……

大约从那以后,我再没玩过父亲的酒盅。而且从那以后,我对父亲产生了一种从未有过的歉意和怜悯。这种强烈的歉意和怜悯,竟使我幼小的心灵萌生了要挣钱给父亲买酒喝的愿望。

就是这年过年时,母亲给了我四元钱,让我去小商店给自己买一双鞋和袜子。我知道,这年全家都没买新衣服。我是最大的男孩子,这四块钱是母亲从买油盐的钱里抠出来的。到了商店,许多人正在柜台边争相买酒,我灵机一动,便拿这四元钱买了一瓶酒。买完后,别提我心中多高兴了,竟然忘记了自己的鞋袜早已露了脚趾,而且适逢过年。我高高兴兴地把酒拿回家,告诉父亲我给他买了一瓶酒,父亲便问我:"钱是从哪儿来的?"我说是母亲给我买鞋和袜子的。父亲一听就火了,走过来在我的脸上狠狠地拧了一把，然后拎着我的脖领，拉到了母亲跟前。那时大约是我的手冻麻了，加上心里害怕，"吧嗒"，抱在胸前的酒瓶掉在了地上。我赶紧扑倒在地上，哭着希望把酒瓶抱住，可是酒瓶已经碎了，一块长长的玻璃扎进了我的手背。血立刻流了出来。

那天父亲骂了我什么，我已记不清了。大概是骂我是个败家子，不懂得像我们这样的家庭，怎么能喝得起这么贵的酒。

夜里，我的手开始钻心地痛起来。当我从疼痛的睡梦中哭醒时，我发现自己却被坐着的父亲紧紧地搂在怀里。他一边用一只粗大的手托着我划破的小手，一边用长满胡茬儿的嘴吻着我被拧过的脸蛋。那晚，父亲流泪了。就是从那次，我第一次知道，父亲的眼泪是咸的。

后来，我大学毕业到了外地，第一次回家探亲时用自己挣的钱给父亲买回一瓶汾酒。喝了多年酒的父亲，听说是全国名酒，倒第一杯酒时，竟有点激动，将酒倒洒了。

人老了，有时倒要说一些孩子的话。这些年每次回家，喝点酒后，父亲就会提起儿时我买酒的事，而且还问到我手上的伤痕。其实，我手上的伤痕早已不在了，而且从来就没有痛过。可是我没有想到划在我手上的伤痕，却在父亲的心上一直没有愈合。

这些年，父亲的年龄更大了，酒已经喝得很少了。但是只要回家，我总要带上几瓶好酒给父亲。

1988年于沈阳

无家可归

有人说，家是一个人活在世上最宝贵的财富。如此说来，我是一个贫穷至极的人，因为我常常无家可归。

两年前的一个冬天，远在塞北的老家来了一封信，信是弟弟写的，可是信中流露的是父母思念远在他乡的儿子的愁情。读了信，心中像猫抓一样难受，恨不得一步赶回家里。于是急匆匆地安顿好妻子和儿子，急匆匆地打点行装，急匆匆地踏上了归途。

从沈阳上车，途经北京，再到呼和浩特转乘汽车，虽然路途遥遥，但归心似箭，疲惫早已忘在了脑后。经过两天多的长途旅行，精神抖擞地回到了家。下了车，背起简单的行囊走进村子，一群小孩早已围拢过来。他们完全像我小时候见到外地人一样，一边惊讶地打量，一边很不礼貌地发起进攻："你是干什么的？""哪里来的？"几个调皮的小孩甚至往我身上扔土块。因为村里少有陌生人来,几乎所有的狗都跑出来对着我叫。我不知道该怎样回答。我想告诉他们我是回家来了,我和你们一样也是在这里长大的。然而他们还这样小,他们怎么能懂得,又怎么能相信我呢?贺知章当年回乡被"笑问客从何处来"时是怎样一种心情我不得而知,但当时的我,面对这些儿童们的发问,心却很酸楚,泪也在眼眶里打转……

也许有更大点的孩子认出了我,早早地飞报了我的父母,当我走到家门口时,父母已经迎了出来。

拉起父母枯槁的手,泪再也噙不住了,喉咙也觉得哽起来。进了屋,早坐下了,仍只是默默对视,久久无言。

接下来才是问长问短,接下来便是父母天天围着儿子转,接下来才觉得回家的使命原来如此。

半个月转眼过去,心绪又不宁起来(岂止是此时)。除了陪父母说话外,便想起忙碌的妻子和淘气的儿子,尤其是送我上车时,那只挥动的小手,此时仿佛撩着我的心,痒痒的不得安宁。

父亲大约最先发现了这点。有一个晚上便说:"回来半个多月了,孩子想你,你也该想孩子了,收拾收拾回去吧。"

我很吃惊父亲的这一发现,一直以为父亲是个粗心的人,没想到父亲这么细心。这句话差点使我掉下眼泪来。

但我还是强作镇静地说:"爹,我没有想孩子,回来了就多住两天。"说话时,不知道我是否掩饰了口是而心非的慌乱。

"我们都是做父亲的人了,怎么能说不想自己的孩子呢?回去吧,不要让孩子上火。"

我不能再说什么了,面对这样两位慈祥、善良而又心胸宽大的老人,我作为父母的儿子和作为儿子的父亲,又一次喉咙发紧,眼泪翻涌。父亲的话不多,却使我从这句话里,第一次体会到父爱的无私,父爱的铭心刻骨。这种爱不会被地域阻隔,这种爱不会被时间冲淡,这种爱不会被世俗玷污……同时体会到,作为一个儿子,躺在父母温暖的怀抱里所得到的无限的幸福。在这个怀抱里,即使你正被一千个欲望困扰,此时也会满足得怡然忘形。

然而,不得已,在父母的催促下,我只能做回家的准备。一边做着准备,一边静静地梳理这几天来的复杂思绪。

我回家,是带着久别的思念,带着一种迫切的心情回来的。在我没到家之前,我的心常被这个家、被父母的健康、起居牵引着。而当我真正走进这个家时,我才发现，我的心已经不能和我的身同时完全地属于一个家了。我的心早已被属于父母和妻儿的两个家分割了（将会分割多久呢？），我只能在这两者之间游弋飘荡。于是，我懂得了，在这个世界上，家应该是这样的：既属于肉体又属于精神。如果作为一个家，不能同时负载这两种东西，家就永远无法成为真正意义上的家。

带着这样一种摆脱不了的困惑，我离开了家又踏上了回家的路……

直到今天，我仍常常想，如果时间可以澄清和验证一切的话，那么，随着时间的推移，这种感受和体验，只是一天比一天更加清晰和沉痛起来。

明人王问写过这样一首诗：城柝声声夜未央，江云初散水风凉。看君已作无家客，犹是逢人说故乡。

我忽然觉得，自己就是那个说故乡的无家客。

1990 年于沈阳

师恩难忘

凡是读过书的地方,大都被冠以"母校"的亲切称呼。如果只是一个校也罢了,但加上一个"母"字就有点神圣了,也就颇值得回忆。

2004年,在母校校庆应邀参加而未能参加之际,我曾经写过一篇回忆母校的文章。今天,首次登录大学同学创办的"校友录",仿佛又回到了大学时代,仿佛又回到了同学和老师身边,于是又回忆起在大学时代发生的几件让人至今难以忘怀的事来。事情很多,今天要忆的是两位对我影响较深的老师。

第一位老师叫刘鸿模。这是一位中等个头的老师。那时候,他虽然还不到四十岁,但已经微微发胖,一副米黄色框架的高度近视眼镜架在鼻梁上,走起路来总是昂着头。这是他给我的最初印象。

他给我们上的是文艺理论课。上课时间长了自然就熟了，但也不过是见面了点点头。但就是在见面的点头中，我感到他很谦和，很诚恳。一年很快就过去了，我自知，凭我当时在班级的表现，他是绝对不会注意到我的。因为即使在他倡导和组织的文艺理论学习小组中，我也根本就不是成员。因此，在这一年中，我对于他和他所上的课，和对于别人以及别人所上的课是没有任何区别的，也是没有任何特殊感情的，我和他之间的距离也并没有超过和任何一位老师的距离。

但是第二年一开学，却发生了一件事。那时，我已经是大二的学生，他却当了大一新生的班主任。有一天上完课，他找到我，先是问了些学习情况和家庭情况，然后他说，他现在是大一的班主任，新生刚进校，想找个大二的学生和他们谈一谈大一时该如何学习。他说他想来想去，认为我比较合适，希望我能答应他这件事。这使我感到很吃惊。因为我一直以为他是不一定知道我的名字的，即使知道名字也未必能对得上号。于是我便说我不合适，理由有三：一是我自己根本没有找到学习的方法；二是我本性讷于言，不会讲；三是更何况我的学习根本就不好。但是他说，他想好了我比较合适。看来是不可推托了，我只能答应了下来。于是他告诉了我主要讲什么怎么讲，然后，让我按照他的意思去准备。大约一个星期后，我以一个先入校一年的学长的身份走上了比我低一级的学弟（妹）们的教室讲台。讲的效果如何我至今不得而知，但我知道，我是经过认认真真准备的，认真到了诚惶诚恐的地步，因为我生怕辜负了一位十分信任我的人对我的期望。

自此以后，我们的联系便多了起来。他经常问我的学习情况，我也经常向他请教问题。他还经常邀我到他的家里去谈话。我记得他的家并不大，家里的条件也比较简陋，但到处是书。他和夫人都是上海人，在跟我谈话时说的是普通话，但跟夫人谈话时用的是上海话。去多了我便觉得，他们夫妇之间的相互尊重也堪称典范。我和他的谈话多围绕着学习，有时他还通过我了解一些同学们的想法。

记得有一次，他又让我去他家，我去了，他便告诉我："我想推荐几本书给你。一本是孔子的《论语》，一本是恩格斯的《反杜林论》，还有一本是叶圣陶的《教育文集》。"他说，"这几本书对我的一生影响很大，所以我想推荐给你。"为什么要推荐这几本书呢，他说："《论语》是中国文学的精华，对你今后影响巨大，可能的话希望你能把它背下来；《反杜林论》是哲学经典，可以培养你的哲学思维；因为你今后要做教师，所以希望你要看看叶老的教育文论。"听了老师这番语重心长的关怀，我当时十分感动。从小学到大学喜欢过关心过我的老师也很多，但是用如此方式来关心我的，他是第一人。于是，第二天我就到图书馆借了前两本书。那时候读《论语》，尽管从读到理解都很艰难，但我还是非常认真地读了起来。虽然读的结果是根本没有消化，但是却使我隐约感到这确实是一本非常好的书，我花了不少的工夫背了其中的许多内容。而另外一本《反杜林论》，其实我根本读不下去，但是因为我怕老师问起来我没法交代，所以还是硬着头皮啃了起来。一遍没有懂，就看第二遍，最后，我居然断断续续看了三遍。而且居然在囫囵吞枣地看完后，写出来一篇关于真理问题讨论的文章，并在国家一级刊物《社会科学》上发表了出来。他推荐的第三本书，我没有读，主要是我当时没有做教师的精神准备。

今天想来，实在没有哪一本书对我的影响胜过上述两本书。而且也很少有书超过如我对《论语》一样的喜欢。是的，即使在我调到新华社后，尽管工作很忙，但一直坚持每天早上班一个小时来背诵《论语》，以至于直到现在，《论语》的许多章节我都可以背出来，直到现在，我仍然要对忘记的一些章节"时习之"。我在想，如果不是刘老师推荐的这两本书，我也许不会懂得如何做人，也不会养成今天的尽量地用哲学思维来客观辩证地看问题的习惯。直到今天，这两本书仍是放在我床头和案边的书，这两本书对我的影响将是终身。

我回忆的另一个老师姓夏，他对我一生的影响也很大。但他叫什么我确实想不起来了，因为严格地说他不是我的老师，他根本就没有给我上过一课。我现在知道的是，他是院报的一位负责人。大约是在大二时，我和另两位同学到南京做了一次徒步旅游，回来后我就写了一篇见闻性的小文章。那时我是经常要写点东西的，虽然很不好，但我一直没有放弃，写完了还要往一些刊物去投。结果当然是泥牛入海。这次我是将自己的稿件径直送到了院报的编辑部，接稿的人便是这位姓夏的老师。我记得，他也是戴一副厚厚的眼镜，我送稿时，他只是从眼镜的上面看了我一眼，然后说了声放下吧，便再没有其他的话了。我是没有抱任何希望地走出来的，而且在很长一段时间里我几乎已经忘记了这件事。但是，忽然有一天，一位同学通知我说，院报的编辑让我去一下。我匆匆地去了，叫我的还是这位"眼镜"。他说："你们徒步去了南京？很好的锻炼！稿件我改了很多，请你再抄一遍拿来。"说完又埋头工作起来。我拿到改过的稿件，近乎惊呆了：一是因为我的稿件完全被改得面目全非，可见老师下的功夫之大；二是因为我不相信我写的字真可以变成铅字！我重抄后送去不久，稿件就真的出来了。这对我来说当然不是一件小事，因为这是我平生所发的第一篇稿件。于是我的兴奋劲，一直持续了好几天。

多少年来，我一直对这位姓夏的老师心怀感激。我在想，对于夏老师来说，他也许只是不经意地改了千万篇来稿中的一篇，但是对于我来说，这无论如何都是我平凡人生中的一次不平凡的经历。也许夏老师没有想到，他这不经意的一改竟然改变了我整个人生的轨迹。以至于在毕业以后，我一直从矿务局的一个小报记者当到新华社这个最大新闻单位的记者。而且在1988年，我的一篇散文居然能获得中国作家协会和中国煤炭文学基金会三年一度评选的全国散文二等奖（一等奖一名，获奖者是陈建功）并且得到了500元的奖金（在我每月的收入只有60多元的时候，这对我来说简直是一个天文数字）。在进入新华社后，我每年几乎要完成近10万字的报道，并且曾获得过新华社所有等级的荣誉。所有这一切，我以为首先缘于刘老师的点拨和夏老师的一改。

每每回忆起以上两位老师，我就在想，决定一个人命运的也许不是什么大事，可能恰恰就是一句话和一件小事。只是对一个人来讲，如何领悟和把握这一句话和这件小事，才是真正的大事。如果说一个老师不可能对每个学生都有过十分良苦的用心和关心的话，那么我要感谢自己的幸运；但是，如果说每个老师对学生都有过十分良苦的用心和关心的话，那么，我还是要感谢自己的幸运。因为在我的情感世界中,一直以为没有任何东西比关心、信任和爱更能够激发人勤奋、向善、不懈追求的活力,而活力对一个人来说又是多么重要。

回忆母校是为了感谢母校。但感谢母校是抽象的,而感谢母校的老师便变得生动具体,这就是我为什么要通过感谢老师的方式来感谢母校的缘由。而这两位老师,只是我大学母校里无数个老师的缩影。其实每一位老师,对我都有过重大影响,只是这里不能一一忆及罢了。

我们的母校也许并不伟大,但她可以教给你伟大的东西,培养你伟大的品德;我们的母校也许很平凡,但她和每一个学子都有不平凡的缘分,而缘分这种东西又是谁能够拒绝和改变的呢?因此,每当有学子抱怨自己的母校时,我总是很不平,因为我总在想,连狗都不嫌母丑呢!何况我们的母校并不丑呢!因此,不论走到哪里,每次回忆母校,我都怀有深深的感激之情,并深情地祝福各位老师、祝福我的母校!

2006 年 6 月 6 日

感谢母亲

母亲的名字叫王梅女,1943年生人。因为属羊,她认定自己的一生是苦命的。

母亲个头不高,身体一直很瘦弱。尤其是晚年,因为得了胃下垂病,吃饭时总要少吃一点,因此身体显得更加消瘦。

母亲8岁时,由于她父亲得了病,她母亲改嫁,从此便只好和她的爷爷、奶奶和有病的父亲在一起艰难度日。这不但使得母亲从小就担起了繁重的家务,干活利落有条不紊,而且也十二分地敬重别人。我知道,在当地,母亲的口碑是非常好的,也很有威望。谁家有了麻烦,比如说婆媳间闹了矛盾,都愿意让母亲去做工作。公社、大队来了下乡的干部,也都愿意到我们家来吃饭。

母亲16岁时和父亲结婚。由于母亲的家里没有顶立门户的男人,因此父亲是作为上门的女婿和母亲成的家。

成家时据母亲说是一无所有。仅买了几尺白布，用红颜色染了一下，做了一条新裤子而已。

母亲共生了5个孩子。大姐、我、一个妹妹、两个弟弟。

母亲的一生的确是辛劳的，从我的亲历就可以证明这一点。

先说房子吧，直到今天（当然今天已没有必要再做这件事了），全村所有人家的房子已经不止翻修了一次，但我们家住的房子近五十年了没有翻新过。这并不是父母不能干，而是因为，一则父母养育的孩子多，二则他们几乎把所有的精力都放在了孩子的读书上。这在偏僻的农村，对没有读过书的母亲和仅仅有小学文化的父亲来说，不只是难能可贵，实在是富有远见和卓识。父母的心血还算没有白费，我和我一个弟弟考上了大学和中专，姐姐因为家里太困难，在初中毕业后便退了学。三弟聪明但不好学。妹妹是为了我们，为了减轻家庭的负担，主动退学的。

正因为这样，我知道母亲在她的儿女们没有成人之前，没有过过一天好日子。

但这并不是母亲所说的"命苦"。而真正的不幸是本来没有几个亲人的母亲，亲人又一个一个地离她而去，离去后给她带来的痛苦和打击，给她带来的寂寞。

她第一个完全靠自己的能力送走的亲人是她的奶奶。那时我已经记事，大概是20世纪70年代初的一个夏天。她的奶奶是一位很小的老太太，我记得她的眼睛不很好，但是人很精干，很厉害。母亲在送走了她的奶奶几年后的一个秋天的早晨，她的爷爷又溘然长逝，当然为这位老人送终的也只有母亲。

在这两位老人去世后，她的父亲在她的照料下直到1983年离世，那年正好我考上了大学。他去世时，我正在安徽上大学。因为姥爷一直有病，我们可以说几乎没有什么感情，因此，他去世时我没有参加葬礼。但是我知道母亲对她的父亲一直很好。吃穿用住，照顾得很周到。给我的感觉是，那时真正受苦的不是我的姥爷，而是我的母亲。有时候母亲太累了，便让我们去给姥爷送饭或者生炉子。但在我们很小时，十有九次母亲的话都成了"废话"。为此，我多次看过母亲难过地掉眼泪，气急了她也骂过我们："要你们有什么用？早知道这样，不如那时候……"但是母亲很少动手打我们。唉，现在想来实在是罪过！在这个世界上，不幸的母亲只有这样一个不幸的亲人，而我们做儿女的对母亲又是这样一种态度！真是大逆不道。如果有什么办法能弥补这一罪过，我会义无反顾，在所不辞。

但我记得，在我们稍稍长大一点后，这种情形有了改变。逢年过节，不用母亲说，我们便会将姥爷请到家里来吃饭，而且也懂得了要把好吃的尽量多地给这位不幸的姥爷吃。姥爷去世后，对母亲来说，也许是一种解脱，但我知道，母亲在失去了这样一位父亲后，便几乎再没有了真正的同族的亲人。虽然那时她的母亲还在世。

但是，姥姥改嫁后，生活得也并不很幸福。家庭条件虽然不错，但从我记事起，她就有严重的哮喘。姥姥以后再没有生孩子，我的唯一的"亲"舅舅是抱养的。也许就是因为抱养的，舅舅对姥姥很不孝。1986年，姥姥去世了。她没有死在自己的家里，而是死在了她唯一的女儿的家里。在当地看来，这是做儿子的大不敬。这天，正是我的暑期的一个早晨，是我和母亲为姥姥穿好衣服。

我之所以说"母亲几乎没有亲人了"，是因为，母亲还有一个叔叔，新中国成立后含冤去世了，他留下一个儿子，不到40岁因心脏病而逝。母亲不但送走了自己的爷爷奶奶、父亲母亲，而且自己唯一一个弟弟也是她亲手送走的。

除此之外，我的爷爷奶奶，也主要是在母亲的照料下度过了最后的岁月。虽然父亲并不是独生子。如果说对于善良的母亲，对于遭遇了太多不公的母亲来说，这些算不了什么的话，而在爷爷去世后，因为几间破房烂屋家族又掀起的"债务"和"遗产"的清算，对母亲来讲却是致命的一击。结果是可想而知的。所有的债务留给了父亲和母亲，而本来破落的院子里仅有的几间破房又被家族的强人抽走了椽子。为此，母亲在炕上哭了三天。第四天便像什么也没有发生，又开始了自己艰难的生活。今天我还常常在想，在这个艰难的家里，如果没有坚强的母亲的支撑，又会是怎样一个样子呢？

后来，我们一个个长大成人，成家后日子都过得很好，兄弟姐妹都把敬孝父母当成一件乐事来做，而且相互之间总是在尽力相助，从无钩心斗角的行为。因此，整个大家庭过得很舒心。不少亲戚、朋友、邻居夸我们兄弟姐妹们仁义孝顺，可是我知道，这一切应该归功于母亲的影响。在怎样做人上，母亲是我们永远的老师。她用自己的身体力行，完成了对我们怎样做人这一神圣的教育。

感谢母亲，第一教会了我们怎样做人；第二教会我们任何时候都要依靠自己，要有一种精神，这种精神和地位财富是不相干的；第三教会我们任何的苦难都不会苦死人。直到今天，母亲带给我的这一切，仍然是我勤俭生活、努力奋斗的不竭的动力源泉。而且，与人为善也成了我生命中无法更改的行为准则。

现在，母亲已不再从事艰苦的劳动了。吃穿用住条件大大改善。心情也很好。1996年,我在沈阳工作时,母亲和父亲还曾到沈阳住过一个多月。他们本打算要在沈阳过年的,但因为他们待不习惯,就在小年那天又回到了内蒙古老家。路过北京时,我陪父母玩了一天。晚上住的是新华社的招待所。我们住的是十一楼,上电梯时母亲坚决不上,说自己肯定要晕。我把她骗进了电梯,她仍说不能坐,等到我让她出电梯时,她才知道已经到十一楼了。从此,母亲便逢人就讲北京的经历。

我调四川后,也曾多次商量让母亲和父亲来四川走走,但他们总嫌路途太远不愿来。到了2003年,有家人要来四川办事,经过全家动员,在姐姐妹妹的陪伴下,父母终于来到了绵阳。来时本不打算多住的,可来后就赶上了"非典",一直从2月份住到暑假,住了小半年的时间。天府之国的风光确实使他们大开了眼界,也让他们念念不忘。

如今终于苦尽甜来,我希望我的母亲能有一个幸福的晚年。

2001年于绵阳　2003年修改

月照相思

算来已经有十多个年头没能在故乡度中秋了。不但如此，这十年来几乎连月都没有赏过（虽自信这么大个男人不会因赏月而心碎，但终究没敢看）。

因此，每年的这个时节，只好把自己放回到过去，静静地回味儿时的乐趣。

这个节在黄土高坡上的我的家乡是仅次于春节的一个节日。大概因为这个时候，作为一个庄稼人，土地上生长的已经收割完毕，便有了充足的时间来安排筹划，因此，这个节总是过得像模像样的。

过这个节最热闹的不是杀鸡宰羊，而是烙月饼和供月亮（在父母一辈人的嘴里，月亮是被称作月亮爷的）。每家在中秋节的前夕要烙好多好多的月饼，有的人家要从下午烙到后半夜。因他们认为，月饼烙得越多，时间越长，越表明这家的丰收和富裕。

烙月饼虽然是大人的事，但我们孩子总是围在跟前。看母亲如何把月饼包好，如何用一个刻好的五角星或六角星蘸了红色印上去。然后，看母亲把月饼拿去，到一个平底锅里去烙。就是做这么简单的事，我似乎也很少帮助母亲做到底，往往是干过了新鲜劲、吃饱了肚皮，或悄悄溜走，或倒头便睡。剩下的事只好由母亲一个人来做。

这天所烙的月饼我记得分三种：一种是普通月饼，一种是小月饼，一种是大月饼。所谓的小月饼，并不是个头小，而是烙一些各种各样的图案，比如，猪头、兔子、鸡等。为什么要烙这些动物，当时我没有问过母亲，现在只好作为一个谜暂时存疑了。所谓的大月饼确实很大，我所见过的母亲烙过的大约直径有一尺二三。这个大月饼很需要一番苦心制作。首先得在里面包糖，擀平后，边上须得切出些花来，然后再在中间画出个圆圆的月亮，然后再在这个圆圆的月亮中间写上一个"月"字。母亲在制作这个大月饼时很让我吃惊过，因为我亲眼见过斗大的字不识一个的母亲，竟能认认真真地写出一个规规矩矩的"月"来。可见在母亲的心中，月亮以及中秋节的分量和位置。

中秋节这天最热闹的是供月亮。等月到中天时，把桌子搬到院里，先放了写有"月"字的大月饼，然后把切开的苹果、西瓜摆上,毕恭毕敬地站立。供月时,母亲对我们孩子是很严厉的,谁也不能不去,因为母亲告诉我们"在家不供月,出门遭风雪"。我们不敢不去。

供完月亮,这些东西就可以拿回家里去了。先是切了大月饼,每人必须吃一块,然后吃饭和水果,然后,喝酒吃肉,然后高高兴兴地去玩。秋高气爽,月光如水,大地朦胧,田野寂静,有松有弛,其乐融融,想来实在让人留恋。

十年来,供月的事母亲是否还这么认真地做,我已经不得而知了。那年我回家谈起母亲供月的事,弟妹们便笑母亲如此笃信迷信,而母亲却说:"迷信迷信迷上了才信,不迷谁信!"听这话颇有点敬鬼神而远之的意味,不能不说是母亲思想的重大进步。

唐代大诗人李白有句名诗:"举头望明月,低头思故乡。"远离故乡和亲人的人们,今夜恐怕不能不想到这句诗。然而,想归想,实实在在地说,又有几人能像李白那样洒脱地把思乡之情在一仰一俯之间表露净尽呢?怕是有人同我一样,今晚会念及范仲淹的词:年年今夜,月华如练,长是人千里……酒未到,先成泪。

1992 年 9 月于沈阳

写在第十八个纪念日

十八年前的今天是我们的新婚日。

当时我们还在沈阳虎石台的煤矿工作。结婚时我们是托朋友租了一个姓王的农民的一间小房子进行的,并在这里住了近半年。这间房子有多大呢?大致只能放一张床一张书桌和一个小饭桌。但是饭桌只限于坐三个人,再多一个无法坐下。房子很矮,一伸手就可以摸到房顶。做饭在外面房东家的煤棚里。煤气罐是自己的,但煤气阀都是借对门一位姓吴的老师的(为什么要借我们,我想,人家肯定是同情我们吧)。房子的前面有一个窗户,后面也有一个窗户,推开前窗户看到的是房东家的菜园子和吃水的井,推开后窗户也是房东家的菜园子。窗户离地很近,成人一抬腿就可以进得家来。但那时我们也没有什么防护的栏,我们似乎也没害怕过。其实怕什么呢?因为实在没有什么可偷的。什么也没有。所以我们离开"家"的时候是从来不锁门的。门外的马路很不平,下雨时简直没有办法走。就是在这样一个不像家的家里,我们度过了人生的新婚,并在这里孕育了自己可爱的儿子。虽然十八年了,但我记忆犹新。我想即使八十八年后,仍会记忆犹新的。

在这里虽然时间不长,但留下的东西太多了。这家姓王的房东是回民,这使我们一开始就因为信仰的不同而十分谨慎相处,因此从来没有产生过不快。他家有两个儿子,小儿子叫王军,是一个装裱师,因为共同的兴趣,我们还成了较好的朋友。他的书房还是我给取的名字,好像是叫饮墨斋。

因为我的"新家"里实在没有什么摆设,所以结婚前我曾向单位一位领导(姓孙)提出能不能将单位一个破烂的、扔在走廊里不用的书桌借我临时当写字兼吃饭的桌子用一下,但没有得到同意。其实他讲得很对,这是固定财产,谁也不好动。当时我是很理解的。但不久我就不解了,因为我们单位另一位青年结婚时,把它搬回家了,先是用作放杂物的,后就把它劈碎扔掉了。我们单位的领导为什么会在此时不坚持"原则"呢?原来这位青年的父亲就是我们局的一位副局级领导干部,也是我们领导的领导。自然,我当时对这位领导很有意见。参加我们新婚的,有单位的几个同事,还有几个大学的同年异系的同学,还有几位毕业后结识的老乡。大概也就十多个人吧。至于亲戚,只有我夫人的两个妹妹。婚后的第二天,我们便乘火车到大连度假去了。

眼看冬天来临,这里是无论如何也过不了冬的,于是,我曾经在马路上徘徊了好几个晚上后,硬着头皮找到了我们的领导,但没有结果。当时我知道,我们的领导有两套房子,而且有一套根本不住,所以我曾想租借他的,但是看到人家这样冷漠,我也就没有再提。(说来也巧,几年后,当我到新华社后,他还来找过我,希望我能给他介绍一份工作。我热情招待了他,但由于我的能力关系我没能为他找到一份工作。这使我至今有点歉疚。)

那年的冬天,我实在是寒酸得很也寒冷得很,关于这一点,从我那时留下的照片便可以看出来。那时,我唯一的需要是会有一个好心的人雪中送炭,但是没有。后来,实在没有办法,我便和妻子一次次地去找她们学校的领导,最后总算得到了校长的同情,给我们安排了一间教室让我们住了下来。于是,就在冬天即将来临前夕,我们搬到了夫人所在学校的一个教室。就是在这间教室里,我们又完成了一件伟大的事,那就是迎来了我们儿子的出世。现在看来,这也是我感到比较愉快的一段时光。为此我还曾专门发表过一篇题为《得失寸心知》

的回忆性的小文章。

那时确实很窘迫,而窘迫的原因就是因为收入太低,双方的家庭又不可能为我们提供资助。那时我们两人的收入加一起才120多元,吃饭尚且不能保证,别的就更不敢想。我记得,在家里缺米的时候,我万般无奈,还从一个朋友处要了两桶油漆,和乡下一位农民换过几十斤大米,这在80年代末90年代初还是少有的。我们家恰恰就在少有者之中。为了应付这种困难的日子,那时只要有机会我便争着去出差,因为只要出差,不但一天有3角钱的补助,而且还可以少在家里吃一到两顿饭。这实在是太划得着的一件大好事。

那时候妻子在怀孕,我常从单位的食堂打回午饭,但是,等我打回饭放到桌子上去做别的事时,一会儿的工夫,两个人的饭就被妻子一个人吃光了,这时,我也只好装作已经吃过了的样子。那个时候,吃不饱饭的人似乎不多,我们又是不多者之一。别人家的女人怀孕是要吃水果的,妻子虽然也在吃,却是当奢侈品在吃,真真应了赵本山在小品里说的那句话:别人是吃水果,我们却更多地是在吃大葱和萝卜。

1990年,单位新来了一位姓许的领导,他了解了我的情况后,花了很大的力气,给我分配了一套不到30平方米的房子。这是我分到的第一个设计时就真正是给人住的房子。而1993年我就调到了新华社,1995年新单位的领导给我分了一套60多平方米的新房子。1999年到四川成都,后又到了绵阳,市里为我特意买了一套160多平方米的居室,居住条件才算有了彻底改善。都说家越搬越穷,我回顾自己又是一个例外。贫穷在贫穷时可能是灾难,但在脱离贫穷后,可能会成为财富。钱财可能对十分富足的人来说,并没有多少意义,而对贫困者来说,也许仅次于水和空气。

结婚这十八年来,虽然我们从大东北迁到了大西南,虽然坎坎坷坷,虽然有苦有乐,但我们的爱是没有变的。没有随着任何条件的改变而变化。所以,趁着今天是十八年的纪念日,我作了一首小诗以作纪念。这些文字本来是想说清楚为什么要作这样一首小诗,没有想到一写就写了这么多。还是入正题吧。我的这首小诗是这样的:

东北西南十八年,
平淡无奇亦无怨;
贫穷富贵何相干?
情恒爱久到金关。

前两句是回顾,后两句是期许。我们将向着这一目标互相鼓励,共同努力。

妻子问我今年的纪念日要送她一件什么礼物。我问她想要什么。她想了想说，想要的买不起，买得起的未必想要。我想这也是真心话，于是我想就送她这首诗和这些回顾性的文字吧。

这是我十八年来送她的最独特的一件礼物，也许，这真是一份最好的礼物。

2006 年 5 月 29 日

感 情

想吃一碗馄饨

这些年口福不浅,什么川菜、粤菜、辽菜,什么西餐,不管是否算得上珍馐佳肴,拿来一饱口福是真的。吃过这么多东西,倘若有人问我,印象最深的是什么,说出来不怕您笑话,是一碗普普通通的馄饨。

在这么多的吃食中,偏偏对一碗馄饨情有独钟,想来实在不可思议。

那是20世纪80年代初,我在安徽淮北上学。淮北的沿街小吃,虽说比不上广州、重庆,但跟北方比,也算是丰富的。馄饨便是普遍而价格便宜的一种。

馄饨、烧饼,在淮北的普通百姓中很受欢迎,原因大概是便宜、方便。两毛钱一碗馄饨,两毛钱一个烧饼,就是一顿有滋有味的饭了。馄饨馆和馄饨挑子在淮北到处都是。所卖的馄饨不过两种:一种是鸡汤馄饨,一种是清水馄饨。我对这两种都感兴趣。鸡汤馄饨有种浓醇的鸡味，可看看那锅里总是不温不火的老汤，不免让外来人犯嘀咕。而清水馄饨纯粹就是一种清香味道，毫不腻人，吃起来十分可口。我所怀念的，就是这后一种。

记得是一个秋天的晚上，冷风嗖嗖，凋零的树叶在胡乱地翻飞，我的心绪十分不好。从阅览室到宿舍，肚子又"咕咕"地叫了起来。其实，每天这个时候肚子都要叫。我天生饭量不小，上大学时正二十岁左右，每顿饭大约要吃六七两主食。而那时，学校的定量每顿只有四两。虽然定量不够可随时买饭票，由于家境贫困，哪里舍得把钱花在吃饭上。这样，肚子挨饿的程度也就可想而知。然而，这晚的肚子却格外叫得响亮。问问同室的人有什么吃的，回答是："有吃的？还美死你呢！"只好硬着头皮躺下。睡不着，再爬起来，向窗前走去。我忽然发现，就在楼前一拐角处，在一盏昏黄的路灯下，有一个卖馄饨的小挑子。若明若暗的火光正舔着锅底，一缕细细的烟气飘出来散在空气中，我仿佛嗅到了馄饨的香味，肚子的饿又添了几分。我犹豫再三，还是拿起饭盒子，跑出宿舍。

卖馄饨的是一位年轻人，个子很高，穿一件发旧的军大衣，扎一块白色的围裙。有人来买，他便一手拿一个薄薄的光光的竹片，一手拿馄饨皮，很利落地一抿一捏起来。几十个馄饨转眼就包好了。然后下到锅里，添上几根木柴，回过头来，给你配佐料。

所谓佐料，也就是精盐、味精、胡椒粉，几滴清油、几滴醋、几丝香菜、几片葱花。锅开了，先把水舀到饭盒里，然后捞进馄饨，一碗热腾腾香喷喷的馄饨就好了。付上两毛钱，端着饭盒，迫不及待地边走边吃起来。其实，边走边吃的另一个更重要的原因是怕拿到宿舍被同学们瓜分了，因为那时我们实在都很穷。你想，在你饿得叽里咕噜的时候，甚至心绪也因此而十分烦躁的时候，能吃上这样一碗馄饨，填饱的岂止是肚子，连许多烦恼也可以随之忘却。

以后，我便隔三岔五地去吃"小挑子"的馄饨。时间长了，人也熟了，每次再去，多少能在佐料上得点优惠。就是这一点优惠，在当时也实在令人满足。

以后，我毕业了，分配到了北方，"小挑子"馄饨再没吃过。但我仍然时常想起那馄饨和卖馄饨的年轻人来，而且有时想，生活中有许多小事，本来是没什么意义的，但由于融入了一个人当时的心境，融入了某种特殊的情调，也便有了特殊意义。馄饨之于我大概就是这样。

直到现在我仍然在想，什么时候我能再吃上一碗那样的馄饨！

1996年于沈阳

母校杂忆

明天就是母校的校庆,有同学来电话邀我回去,我只好以公务缠身推托。

和母校一别已经十七年。四年的朝夕相处,这期间该发生多少值得回忆的事情,对我来说,太多太多。

我记得,我们上学时是在校园南边的一栋平房里,红砖青瓦,两边开着窗户,窗前是剪得非常整齐的冬青树,在举架很高的房梁上吊着两只电扇。全班共有四十五个人,十五名女生,三十名男生。因为是奇数,所以只有我一人独坐一桌,而且是最后一排。

记得有一天,一位叫王朝华的老师来给我们上课,他上的是现代汉语课。课讲得如何现在已经记不清了,只记得他是哈尔滨人,聪明得秃了顶,普通话说得很好,而且到这所学校的时间也不长。上完第一节课,课间休息时,他从讲台上走下来,径直走到我的身边坐在我旁边空着的座位上。他拿出一盒烟来,自己先叼上一支,也顺便抽了一支递给我。为他的这一举动我很是吃惊。他一边将烟点燃一边向我问话:"你是旁听的吧?"为他的问话我又吃了一惊。但我还是认真地回答说:"不是。""那你是进修的?"他又接着问。我摇了摇头说:"不。"他接着自己解释道:"我刚从牡丹江调来,和系里许多人还不熟。那你是教什么的?"我说:"我是这个班的学生。"听了此话,他开始吃惊,并把我上下打量了一番。然后深深地吸了两口烟,站起来向讲台走去。

从此,我才知道,那时的我长得太显老了。老得跟这个集体已经有了十分明显的差距。而也就是从此之后,"老H"几乎成了我的通用名字,无论同学还是老师,都这样称呼我。而这称呼一直从那时延续到现在。其实那时的我不过十九岁。今天想来,我这一生基本上没有人称过我小H。更有意思的是,有一年我回老家,高中的同学们来看我,竟然当着我父亲的面喊我老H,让我父亲大为惊异,也让当时的场面有点尴尬。

后来,当有人想恭维我却把我的年龄说大了感到不好意思的时候总要说"你长得太老成了",我便知道那是人家怕我听了不高兴,换了一个委婉的词,便说:"'老成'谈不上,把后面一个'成'字去掉倒是名副其实。"说罢大家都会心地笑笑。

在大学里发生的另外一件事，至今也常想起来，于是也想把它记在这里。在读书人眼里，历来有一句话，叫"读书人偷书不算偷"，这话来自鲁迅的文章。的确，在大学里偷书的事是经常发生的，我记得，我们宿舍就有一个偷书的高手，他经常拿一些偷来的书在我们面前炫耀，而且这些书多是名著，比如莎士比亚的、巴尔扎克的等。在他的影响下，我也下定决心去偷一次书。于是有一天，天虽然不是很冷，但我穿了件鼓鼓囊囊的滑雪衫，来到教室前面的一个图书馆。恰好负责这个图书馆的老师又是我们班主任的夫人，于是我大感占尽了天时地利和人和。因为是熟人，人家也没管我穿着厚厚的棉衣，因为按要求，穿大衣是不能进入图书馆的。在里面转了几圈后，趁人不备，我便把一本书夹在大衣里，另外还装模作样地在手里拿了一本书，以作掩盖。我记得，签借书卡时，我的手在抖动，而且大汗满头。我是如何走出图书馆如何走回宿舍的已经不记得了。只记得我回到宿舍，连里边的衣服都湿透了。躺倒在床上，拿出偷来的书，不看还好，一看才发现，我偷来的原来是顾工的一本很早年写的叙事诗。我从来不看诗，也不喜欢诗，却偏偏偷了本谁都没有借过的诗集，真是莫名其妙。

这是我平生第一次偷东西，而且是在做了很长时间的思想斗争后才去当了一回小偷，可是费了这么大的代价偷了这么一本书，我深感划不来很不幸。于是我觉得，其实当小偷也实在不是件容易的事，尤其像我这样胆小的人。从此以后，我再没动过偷的念头，也再没偷过任何人的任何东西。大约也是因为这个原因，今天才敢将做过小偷的事写出来。我不知道是不是每个人都曾犯过类似的错误，但我是犯了的。母校如母亲，学子如儿女，在母亲面前从来没有犯过错误的孩子恐怕没有，也不一定是好孩子；而犯了错误，又敢于承认和改正错误的也不一定是坏孩子吧。这么说即使算是一种对自己的开脱，但又何尝没有道理。

举了两件无趣事（不做无趣之事，何遣有涯之生），凑成一篇小文章，姑为对母校的又一回忆。

2004 年 11 月 6 日

给儿子的信（一）

亲爱的儿子：

　　昨天上午 10 点从首都机场送你踏上法国的航班后，就意味着你将开始一种全新的生活了。从你要走的最后几天，你妈妈就一直在哭泣，作为爸爸的我，虽然没有哭，但眼泪也是几次涌出眼眶。我们舍不得你离开这个家，离开这个三人的家庭、离开这个近二十年来的已经完全习惯了的三人组合三人世界。但是我们也知道这是不可能的。你长大了成人了，离开是必然的，不离开就长得慢，甚至长不大。不想让你离开只是我们感情上的一厢情愿。你的新生活的开始也就是我们的新生活的开始。你的新生活是要在遥远的古巴开始一种独立的求学生活，然后是事业，然后是成家。而我们则是要适应由三个人的生活变为两人的生活，其他不会有任何改变。这就是因年龄的不同而所要面对的不同的未来。上帝待人真是很公平的。

昨天下班后,我一边往家里走一边还在想,今晚该给你做什么吃?或者带你到哪里去吃?是吃你最爱吃的鱼、羊肉、拉面呢?还是吃你爱吃的酸菜饺子?一边走一边想,到了家门口,我才恍然大悟:你已经不在家了。那一时刻心里完全变得空荡荡的,眼泪也不由得掉了下来。也许这就叫失落吧!而这种失落我和你妈妈真不知道何时才能适应!

进了家门,忽然觉得屋子变得那么大,大得空空荡荡,寂然无声。而过去多数时候是没有进家就会听到你的朗读声和萨克斯声。而这一切,我知道从此以后将不再有。

昨天晚上12点,我们收到你的信息,知道你们一行已经平安到达巴黎,这是我们收到的你走后的第一条信息。我们也知道以后更多的会通过这种方式来了解你的学习和生活。我们问你巴黎冷吗?有吃的吗?你说冷,有吃的请放心。其实我们完全知道巴黎比中国冷,身上有钱就饿不着。但是我们还是这样问你,因为除了这些,此刻我们还能问什么呢?你让我们放心,说明你真是长大了。在收到你的信息后,我就和你妈妈聊到了你,妈妈在抱怨,这么冷为什么要在巴黎停留二十个小时。说着妈妈还流了泪。

说实在的,过去妈妈也为你流过不少泪,但多是为了你的缺点，而现在除了惦记，我们主要想到你的优点：诚实、善良、忍让、善解人意。包括你临走前总是要搭着我们的肩膀走路，总是不注意就给我们一个吻。

爸爸曾经常告诉你要懂得感激别人，其实我知道你本来就是知道感恩的孩子。只是感激人没有坏处，爸爸希望你做得更好，包括有恩的无恩的甚至对手。

你还记得吧，今年8月20日，爸爸知道你要离开家远走他乡，特意安排你和妈妈一起回了一次老家，一起上了一次祖坟。这不是你第一次回老家，但这是你第一次上祖坟。爸爸的用意是让你记住，不管你走多远，你的根是在这里。不管你有多大的作为，你不能忘了这里。很欣慰，你自觉地在坟头跪了下来，你看了爸爸老家的现状后，哭得那么伤心。你问："为什么还会有人是以这种方式在生存？"孩子你真是懂事了。爸爸妈妈没有给你答案，也不需要给你答案，我们只是希望你心里始终有这样的问题就够了。人生不满百，常怀千岁忧，不是爸爸妈妈对你的要求，但是人没有一点忧，也是长不大的、成熟不了的、做不了好事做不了大事的。忧人是善的源，善良是诚的源，敬孝是德的源，人而无德，行而不远。你该了解爸爸妈妈的真正用意。

记得你走前我给你特意买了一本《傅雷家书》，你看了一半后谈感受说，傅雷太婆婆妈妈了。在首都机场，你看到一个父亲在给他女儿装一本《傅雷家书》时，你和你同学还是谈了一样的观点。儿子，难道你觉得这仅仅是一种巧合吗——所有的父亲都给他的儿子或者女儿带一本《傅雷家书》。傅雷也许有点婆婆妈妈，但作为一个父亲，只有面对他的儿子才会如此，面对另外一个人，是无论如何也不会的，甚至包括他的父母、妻子。他之所以要这样做，一是要表达一个父亲对儿子的关心，二是要倾吐一种父亲对儿子的爱，三是要满足一种因无法见面而阻隔了的父亲与儿子的交流需要。如果在他们的儿女离开身边后，作为父母连一种"表达"、"倾吐"、"满足"的机会都没有了，那该是多么残忍啊。也许，今天你还不能完全理解这些，但我相信，在你有了儿女之后是会完全理解的。我之所以要把这件事提在这里说一遍，一是想和你谈谈我的看法，二是可能在今后我也会婆婆妈妈地和你聊天。希望你能理解。

最后还要告诉你两件事：一是送你过了安检后，我就买了回成都的机票，于下午三点到了绵阳；二是昨天晚上，郭叔叔才从外地回来，还给你带来一部手机，嘱我给你寄去。我已代你谢过。

今天就婆婆妈妈到这里。祝你一路平安。明天收到你到古巴的消息后再聊！

2007 年 11 月 28 日下午

给儿子的信（二）

我们昨天晚上一直在等待你到古巴的消息，但直到今天上午十点才得悉你平安到达古巴。我们的心本来是不该悬着的，但没有办法，却一直在悬着，你妈妈甚至在掐着手指计算时间，直至收到你的来信。真是应了那句古话：儿行千里母担忧。

你说古巴很热，这是预想中的事实。你是从一个正是冬天的地方去的，所以会感到更热。但我们相信你很快能适应，你是一个适应能力让人放心的人。

你到古巴了，意味着从现在起五年的古巴生活将正式开始。

在你到古巴后，我们关心的事也立即发生了转移，那就是：我们不再关心已经成为过去的旅途，而开始关心你们的住宿条件如何？几个人一个宿舍？几个人一个班？吃得如何？父母对儿女的关心关注是没有穷尽的，但这种没有穷尽的关注关心也仅限于父母对儿女,倒过来恐怕也是不能成立的,更何况对他人。接下来我们还有许多想知道的,我想等你的电脑安装好后,你会通过网上和我们交流的。

收到你的信息时我正在读一篇励志的文章,抄几段给你,也许对此时的你有帮助。

> 人生如水。我们必须学会像奔腾不息的水流一样适应环境,该转则转,该弯则弯,始终保持一种柔中含刚的坚毅韧性。
>
> 人生有很多的变数,如同对待一场牌局,要学会以不变应万变。不变的是信心,变化的是牌局,无论到手的牌是什么,都要满怀信心地打下去,决不能轻易放弃。
>
> 人生需要动力。当动力大于压力或者阻力,就是奋斗;当动力小于压力或者阻力,就是退却。奋斗的人生是竞争与抗争的人生,退却的人生是逃避与躲避的人生。

希望你在读这些话的时候把它当作是一个朋友的赠言,而不是一个父亲的唠叨,这样可能效果会更好。朋友也好父亲也罢,目的是想通过这种方式帮助你渡过这段最困难的时期。因为除了这种方式,我们还不知道有更好的方式,至少在现在是这样。

祝你一切好!

2007 年 11 月 29 日

伤情苦旅

儿子你好，又是好几天没有跟你通话了，真的是十分想念你。

2月4日，即腊月二十八日午夜零时半，我就乘上了回家的火车，离开了绵阳。车站的徐敏叔叔和单位的涌泉叔叔提前一小时就在车站等我了，并一直将我送进车厢。一觉醒来，车已驶出四川，陌生的人、陌生的地，立即使我感到十分的凄凉与孤独。而这凄凉与孤独，除了你和妈妈，又能向谁诉说呢？

二十二号你妈妈就回吉林了。今天已经是二十八号，算来也已经有一周的时间。你妈妈走之前怕我吃不好，给我炖好了一锅鸡汤，包了很多饺子。但是一个人吃饭总觉得没有胃口，每次都是鸡汤里煮几个饺子胡乱地吃下了事。饺子很多，一直到我回家前才算吃完。

我们一家三口在三地过年，这还是头一次。你不在家已经少了不少乐趣，人各三地就更不是滋味了。我和你妈妈本来原先说的是一起到奶奶家过年，但是妈妈自来四川后还没有回自己的家过过年，在我面前多次试探着说也想回家去过个年。我想这也在情理中，便同意了。人都有生养自己的父母，这个世界上儿女、父母、夫妻，有时候实在是难以分出远近。虽然，这样的人各三地都不是我们希望的，但是，我们又都不是只站在自己角度要求别人的人。这样的选择不过是我们各自做出短暂的牺牲，而在这短暂的牺牲中寻求另一种安慰或者说幸福。但不管怎么说，年，人各三地而过都是一种无奈，好在来日方长，一切都还有弥补的时日。

车窗外的绿色已经不见了，取而代之的是雪中摇曳的枯草。

坐在车上，瞅着窗外，瞅着瞅着就又想到了你。从小看你拿筷子总是拿到最上边，爷爷奶奶等人就说，你以后要远走高飞。在十九岁时你就真的走了这么远。想想这十九年，和你的同龄人比，你真的走了很多地方：从沈阳到吉林，到内蒙古，再到四川，跑了无数个来回，就是别的地方去得也比同龄人多。而且多数是坐飞机，真的是既远又高。今天又到了更远的国外，这恐怕是他们没有想到的。看来你以后的生活也会是远而高的。上周五的晚上，我去成都，见了一位从古巴回来的朋友，她给我介绍了很多你们的情况。这使我对你们的生活学习有了一个更全面和具体的了解，也使我更放心了不少。但这并没有减轻我们对你的思念。一首无名氏的唐诗这样写道："一别行千里，来时未有期；月中三十日，无夜不相思。"我们真是这样想你啊！而你走的又何止千里？

我走前，绵阳一直在下大雪，已经连续下了三天了，还在断断续续地下。整个田野、树木都披上了雪。据说，这是绵阳几十年来没有的。不但绵阳，整个中国今年的雪都特别大。许多地方比绵阳还大，已经影响到了交通、供电和日常生活用品的供应。尤其是交通，从媒体的报道来看，许多地方陷入了瘫痪状态，各地都出现了大规模的旅客滞留现象。因为没有飞机，我才只能选择坐火车。这长长的旅途真的很让人心碎。

窗外已见枯杨，熟悉的土坯房依然轻烟低回。我就要到家了。但我始终没有过去那样到家的兴奋。想到一家三口人二十年来从不分离，常在一起，虽有小小不快，但总觉其乐融融，而如今分三地过年，便更觉悲从中来，于是我在桌前的一张纸上不知不觉写下了这样几行字：

不是旅途无精神，
思苦至极泣无声。
家分三地虽非久，

节不一处总伤情。
常因小事曾拌嘴,
恨不成才也打人。
明知叹悔心将碎,
情到浓时何惜身。

春节就要到了,遥祝你和妈妈春节快乐!

乔迁之痛

租了三年房总算有了一个真正人住的家,心里便喜得不知道如何是好。之所以说有了一个真正人住的家,是因为这些年来,租住的房子或是煤棚,或是教室,始终没有住过设计时就专供人居住的房子。

拿到房票后,心里便犯起了狐疑来:就凭这么个小绿皮本这房子就是我的了?等拿来钥匙,把门打开锁上,再打开再锁上,确信只有这一把钥匙能打开这扇门时,才心悦诚服地相信,这厨房、卧室、两水两气、便所浴池,真的属于自己了。然后便忙着收拾、布置、搬家。搬完家正欲好好享受一下这没有老鼠,没有蚊蝇,下雨勿忧漏,吃水不用挑的新居时,不料两岁多的儿子见天黑了便着急起来,拉起我和妻子的手喊着要回"咱们家"。听了孩子的话,我先是一愣,接着便乐了,反复告诉儿子"这就是咱们的家"。儿子却坚决否认:"不是,这里没有小哥没有小弟。"

我的天！搬家前，我们住在教室里，一共四家分住两个教室。前门一家后门一家，中间隔一层硬纸板，纸的作用只隔眼睛不隔耳朵。下班后，多数时间我们四家在一起玩一起闹。现在总算有个像样的家了，大人高兴了却没有想到儿子不干。到最后，儿子见我和妻子未动，便失望地放声哭起来，这时我已进入陶醉状态的心立刻难受起来。面对儿子乞求的眼神和声声不住的"爸爸妈妈回家"的呼唤，我不但无以措手足，而且简直要掉下泪来。关键时刻还是妻子安慰了我："过些日子习惯了就好了。"真的过一个多月，儿子才不再闹着"回家"了。

儿子不再闹"回家"了，却没有料到自己的心里要时常闹一点"回家"的情绪。有时，常常在梦中会回到我们同住的大教室中去。而且随着时间的推移，这种情绪越来越强烈起来，以致使我常常处于乔迁之痛而不是乔迁之喜中。

那时，因为我们年龄相差不多，因此，彼此很合得来。谁家有什么事相互间像手足一样关照得十分周到。当然，谁家有了什么稀罕吃的，比如煮了红薯，煮了苞米，炒了豆子，买了花生，大伙一定都能吃到。甚至谁家有了鱼呀肉呀，即使大人们不吃，孩子们也总要摊到一点的。有时大家来了兴致，还会四家聚一次餐，吃喝玩乐，热闹得像过年。特别是如果其中的一对小夫妻闹了矛盾，发生了口角，大伙又会一起来，劝的劝说的说，调侃的调侃，不让你握手言和，不让你烟消云散，那才怪呢！

而现在住进这幽静的楼里呢，条件是好了百倍，可每家都是封闭的。紧紧地封闭着门，自己不轻易走出去，也从来不希望别人走进来。虽然一个单元住的人不过十多家，但相互间如同路人，不来不往，充其量只是点个头，问个好。有时缺点什么，宁愿自己忍着也不愿敲别人的门。让人感到，在这里举手之劳比跑千里路还困难。进了这个家，细想真是孤独。再想想那时夫妻间吵架不论大小，总有人来相劝，而现在呢，你跳楼恐怕也不会有人拽你，真正应了老子的那句"老死不相往来"。

俗话说，得失寸心知。细细地想，无论什么事，当你在得到的时候，你也正在失去。活着的人，有谁又能逃脱这点呢？

            1990年于沈阳虎石台

煤矿，那些抹不去的记忆

我大学毕业后，工作的第一站就是沈阳矿务局，对煤矿的感情是任何时候都不会消退的。在煤矿这个独特的群体里发生的那些事，总是萦绕心头，挥之不去。现在要讲的就是发生在我们一个煤矿的李玉花和二狗子的事。

玉花和二狗子和我是同村，后来又在同一个煤矿。玉花是二狗子的老婆。

玉花是1988年跟着丈夫二狗子来到煤矿的。玉花虽然生在农村，但长得十分标致。那个头腰身不须说了，极好的是那嘴白牙和一双水汪汪的大眼睛。就连我们五十五岁的王矿长都说："妈的，如果不看二狗子管我叫叔，总不能饶了这个漂亮的妞。"不过也有人说玉花还是有缺点的，那就是嘴稍稍有点噘。可另外的人却说："那多性感，亲嘴才过瘾呢。"不管怎么说，玉花到矿上后确实震动了一下。

二狗子接玉花来前，已经在煤矿附近租好了房子。先是租了西边的一间，玉花来后见房子紧临道边，琢磨着想开个卖店，便连东边的一间也租了下来。就因为这个，矿里的人都说玉花不但长得漂亮也很能干。在夸完玉花后，二狗子也能沾点光被人夸奖一下："二狗子这人真有福，能娶这样的老婆，给矿长都不换。"当然，"给矿长不换"。

二狗子和玉花也算是自由恋爱。二狗子高中毕业虽然没考上大学，但在我们那个连写信念信都要找人的村，算是绝对的高级文化人。因为有文化，二狗子对象都比别人相得多，但相来相去，眼光最后落在了玉花头上。开始据说只是眉来眼去，二狗子早上散步，玉花就站在门外没事磨蹭。时间长了就形成了一种默契。有一次正是晚上，两人放牛时遇到了一起，二狗子便像电影里演的那样，搂住了玉花……不久二狗子就和玉花结婚了。结婚时二狗子已到矿上当了协议工，也叫农民轮换工。煤矿的活很苦很累也很危险。二狗子刚去也不习惯，一穿上那身汗渍渍潮乎乎臭烘烘的矿工服，他就想吐。但当拿到每天一根香肠一个面包的保健品时，他就想起了玉花，就坚持住了，没有吐。但有好几次在那黑乎乎的澡堂里，他还是吐过。一个月过去了，他拿到了两百元的工钱,他认为值,认为矿上有前途,便动员玉花到矿里安了家。走那天,全村的人都来给他俩送了行。尤其是许多女孩子,对玉花羡慕得有点嫉妒。就这样,从来没有出过村的玉花跟着二狗子到了矿上。

玉花的卖店虽然只卖廉价的烟酒糖茶肥皂香皂等日用品,但不知为什么来买的人特别多。因此经营起来也很轻松自在。二狗子也很能干,轮休时,就借个倒骑驴,跑三十多里路去进货。玉花只管在家里卖。玉花很爱自己的丈夫,虽然二狗子个头不高,但有文化,又诚实肯干,尤其是两年前,还当上了小工,留起了小胡子,男子汉的味道也增加了不少,更使玉花从心里往外喜。因此,除了卖货,玉花也是悉心照顾着丈夫,饭菜变着样地做,酒虽不是好酒,但顿顿都要温热斟杯。如果是晚上,酒足饭饱后,二狗子总会催着玉花早点关门,早点睡觉。

他们对这种日子感到满足和幸福。

转眼间三年过去了,玉花认识的朋友也越来越多了。年根临近时,矿里又掀起了夺煤会战,二狗子也当上了大工,休班的时候就越来越少了,上货便困难起来。玉花几次借来倒骑驴想自己去,但雪大路滑没走几步只好返回来。赶巧,矿里的销售科长佳伟来买烟,玉花便说起了上货的困难,佳伟说自己正要进市里,上什么他可以帮着带回来。于是玉花便第一次坐着汽车上货去了。晚上回来卸完货,玉花拿出两盒烟答谢佳伟,佳伟不但没要,还答应玉花以后上货的事他包了。玉花知道矿上的人直爽、开朗、讲义气,不会诳她,感激地直点头。

等丈夫下班后,玉花把进货的事和二狗子说了,二狗子听后说应该感谢人家。

反正佳伟总是要进城的,时间长了,也知道玉花需要什么,因此,后来玉花去都不用去,佳伟就给上回了货。

大概是第四年的四月份的一天,佳伟送来货卸完后便坐到玉花的床沿上一边喝水,一边讲起市里的新鲜事。开始,玉花对佳伟坐在自己床上感到很别扭,但佳伟越讲越神越热闹,玉花便不但不再别扭,还不时地停下手里的针线活儿,用惊奇的口气问这问那。她觉得佳伟真是见过世面的人。这天佳伟走时,玉花破例送出了门外。从门口到大道,距离虽然不长,玉花却把佳伟认认真真地注意了一下:那是一个高大而魁梧的身材,上身是一件棕色的夹克,下身是一件半新的牛仔裤,脚上是一双黑色的皮靴,尤其是佳伟一上车一转身一扬手的气质,使玉花忽然觉得就是和农村人有点不同。

佳伟走了,玉花仍然沉浸于一种遐想的欢乐中,从而第一次涌起到城里玩玩的念头。然而二狗子会去吗？想到这玉花不免有点沮丧。于是，放下手中的针线活儿，望着外面叹了一口气。

天气一天比一天热了起来，有一次上货时，玉花竟在佳伟的怂恿下买回一件时髦的裙子。裙子穿在身上，玉花仿佛变了一个人，个头显得更高了，腰身显得更细了。两个一直紧紧地裹在厚厚的衣服里的乳房，一下子也高高地突了出来，这使玉花的脸上掠过一丝红晕。

以后，玉花每次穿起这件裙子总要陷入遐想中。这遐想给她带来了无穷的快感，这快感却又常常使她忽略了二狗子。

有一次，二狗子连续上夜班。下午佳伟来，说明天要带玉花去逛夜市，玉花一听很高兴，但转念一想，一个女人家晚上跟一个男人出去这算什么？何况还要背着自己的丈夫。她没有同意也没有拒绝，只是说："明天晚上再说吧。"

佳伟走后的整整一个下午，玉花沉浸在一种不安的胡思乱想中，直到院里响起了自行车的铃声，她才发现丈夫下班回来了。她敲了敲自己的额头，站起来，迎了出去。二狗子见她脸红，问她怎么了，她先说没什么，接着改口说有点头痛。于是，二狗子扶她躺下后，自己做饭去了。

"咚咚"的切菜声，像是剁在她的心上，玉花感到不是头痛而是心痛：结婚五年了，她还没让他做过一次饭呢，他会做吗？玉花虽躺着，但她真想一骨碌爬起来。

饭好后，二狗子先盛了一碗给玉花，玉花说不想吃，拉了拉被子蒙上了头。二狗子独自一人吃完饭，关了卖店的门，走到床头掀开被摸了摸玉花的头说："挺热的，我去买点药。"玉花听说他要买药，便急忙翻转身抓住他的手说："不要紧，睡一宿就会好的，你快休息吧。明天还要上班。"

二狗子没听玉花的话，带了门骑上自行车便到矿医院去了。其实，玉花已经料到他不会听她的话。别说头痛发烧——这时她好像真有点不舒服，就是打个喷嚏，每次他都要着急。二狗子走后，外面下起了雨，玉花的泪也流了出来。大约是下半夜多了，二狗子才到家。除了买回来的药是干的，单衣单裤的二狗子全身湿了个精透。二狗子躺下不久便发出"呼呼"的鼾声。可玉花却睡不着。想到明天的事她有点窃喜，可是想到要背叛自己诚实的丈夫，她感到一种罪恶。玉花往丈夫身边靠了靠，她想起了丈夫常说的那些话："咱要好好干，有机会把户口转了，咱俩不说了，给孩子弄个好环境。"提到孩子玉花把手搭在了丈夫身上。虽然结婚三四年了，可还没有孩子，但他们每天都在盼望着，他们相信将来肯定会有一个可爱的宝宝。

第二天玉花早早起了床,起床后她先开了卖店的窗户,在窗前坐了好一会儿,才提了篮子向市场走去。等她买了菜回来,二狗子已经起床了。他的眼睛有点红,不住地咳嗽着,走起路来也有点有气无力,很显然他感冒了,而且很重。看着丈夫为自己搞成了这个样子,玉花感到很难过。吃过午饭,二狗子服了几片昨晚为玉花买来的药,便要上班去了。玉花劝道:"病成这样就不要去了。"说这话时玉花已经想好了,如果丈夫今天留在家里,她便有一个有力的借口谢绝今晚的约会。这使她心里感到一种踏实和宁静。尽管觉得稍有遗憾。但人就是这样,有时为了别人比为了自己更充实。可二狗子说:"现在正是'双过半'大决战,自己是个大工,不去不好。再说下井出点汗说不定比吃药还好使呢。"二狗子推车走出院门时,玉花送他到了门外。他上车前嘱咐玉花:"早点关卖店的门,早点休息。"玉花"嗯"了一声。玉花一直望着丈夫拐了个弯望不见了才踅身回到屋里。这在她是一个破例。

晚上,等佳伟来时,玉花已经打扮一新地等着了,上车时玉花对佳伟说:"去行,但要早点回来,二狗子感冒得厉害。"

……

第二天，玉花从佳伟的车上下来时，已经是午夜两点多了。玉花头发有点蓬乱，也显得很疲劳。她跳下车头也没回地向家里走去。她本来是和佳伟说好的，要在午夜一点钟丈夫到家前先回来，可是佳伟有意耽误了时间。此时玉花有点恨佳伟，也恨自己。从电影院出来，佳伟便动手动脚地凑近她，将她搂进了怀里，当佳伟的手快要伸进她的上衣时，她"嗷"的一声叫了出来躲开了。玉花想起了当年二狗子这样做时她说过的话。虽然这使佳伟很不高兴，但玉花庆幸关键时刻没有做出对不起二狗子的事来。庆幸之时她又想起了刚刚看过的电影里男主人公的一句话："要征服一个有灵有肉的女人很难。"玉花此时似乎理解了这句话，而且感到真正征服她的是诚实的二狗子而不是佳伟。

快到家门口时，玉花的心跳得厉害。一夜未归，她不知道如何向二狗子解释。走近门口，心也几乎要跳到嗓子眼了。正要推门时却发现门还是锁着的，心才一下子落到了肚子里。"可是，二狗子该回来了？"刚放下的心此时又提到了嗓子眼。同时，一种不祥的预感掠过她的心头。她赶紧打开锁，一把推开门，脚却踩到了一张纸。她急忙弯腰捡起来，发现上面是几个歪歪扭扭的字：

"玉花，请赶快到矿里医院来"。

……

接下来的事我不讲读者也能猜出个七八分了,而这样的事在煤矿是经常发生的。

1999年于沈阳

感念擦鞋（hái）子的

擦皮鞋（在四川一律读 hái）这个职业，新中国成立以前有没有我不知道。但我觉得，现在，在每个城市成为一种职业是改革开放以后的事。而且，在改革开放之初，每个城市是修鞋的多，擦鞋的少。而今天，修鞋的少了，可擦鞋的到处都是。这大概也反映了社会的进步和人们生活水平的提高。

在四川，擦皮鞋的人很多，有男的有女的，有老的也有少的。

这是一个流动的职业，流动的人群。不像北方的擦皮鞋的，几乎都是坐着，你想擦皮鞋得来找他。他坐在那里还摆出一个小架子来，有一种姜太公钓鱼的味道。而四川的擦鞋匠不是这样，他们一手拎一个小袋子（多为那种塑料编织袋，不过我也曾见过有一个小伙子拎一个密码箱，当时有人提议给这位小伙子拍张照片发新闻），一手拎一个小板凳。一边到处走，一边到处喊。尤其是在中午和晚上的吃饭时间，他们会轻轻地走进饭店（星级宾馆是进不去的），到每个吃饭的人的身边问一声："老板，擦皮鞋？"这时候，生意很容易成。现在人都很忙，你专门抽时间去找人擦皮鞋，一是时间不允许，二是恐怕还没有那个习惯。所以，你吃你的饭，他擦他的鞋，你饭吃好了，他鞋也为你擦完了。想想，实在是件很省时的事。在北方，我从来没有见过这种情形。因此，我猜想北方这个行当恐怕效益也远不如这里。

在四川，擦皮鞋价格很便宜。如果你是在街头正在等人时忽然想擦一下皮鞋，你不用挪动地方就会找到擦皮鞋的。这时，他会把自己手里拎的板凳让你坐，而他会蹲着为你擦皮鞋。你可以看到，他首先掏出一个矿泉水瓶子，把水倒在一个刷子上，先把鞋上的泥刷掉，然后用布擦干，打上鞋油，先用刷子打均匀，然后反复打来打去，最后，又用两腿紧紧地夹住鞋，用一块大绒布飞快地抛光。不一会儿的工夫，一双脏皮鞋变得锃亮了。而他也只跟你要一元钱。这也是我见过的最低的价格。在北方，比如沈阳，擦一双皮鞋要五元钱。我自从到了四川以后，家里基本不再买擦鞋这套工具了。一是因为绵阳本来很干净，一个星期擦一次就可以了，二是在绵阳擦皮鞋很方便很便宜。

四川人擦皮鞋为什么到处流动、价格低廉？我想大概一是因为四川人稠地窄，找一份谋生的活儿不易；二是四川人，尤其是农村人，或者说生活在城市的困难的人，有相当的吃苦勤俭精神。擦皮鞋是个服务活，四川人能把擦皮鞋这个活做到如此尽善尽美的程度，不能不使人产生一种对四川人做事的钦佩。其实不只是擦皮鞋，我以为，所有的服务行业，四川人都做得最好。在四川，我见过有钱人花天酒地的生活，因此，更能体会到没钱人勤俭耐劳的可敬，这一方面产生了许多自己不擦而需要别人来擦皮鞋的人，一方面也产生了不少要靠擦皮鞋来谋生的人。我还见过，绵阳扫马路的清洁工，擦起栏杆就像擦自己家的玻璃，那种认真劲也是我在其他地方从来没有见到过的。只要有客人来，我是从不吝啬对绵阳环卫工人的赞美。我想，这也是四川人为什么可以到全国各地去打工，可以挣到全国各地的钱的一个重要原因。

擦皮鞋的，我一方面希望，许多人不再靠这种辛苦的职业为生；我也希望，如果没有更好的职业，擦皮鞋的市场能够更好，能够给擦鞋族带来更多的收入。

2001年夏于绵阳

感物

尘埃里的花

春节过后,因为我出了一点"问题",被从做编辑改为搞收发,办公室也从编辑部调到了资料室。资料室的一位大姐调到了另外一个单位。第一天早晨扫地,发现门后有两个脏兮兮的花盆,盆里是两根干枝,就像从野外随意折来插在这里的。我用手一掐,枝头便掉下一截来。我想把它们扔掉,转念一想:死活都是人家的,留着算了。于是这两盆干花依然故我地蹲在门后。

有一天,我在脸盆里洗完手正要去倒水,又看见这两盆干花,出于一种好奇我把水倒了进去。大约又过了四五天,我忽然发现这两个盆里冒出了绿芽,而且几根枯枝一般的尖上长出了绿油油嫩淋淋的一截儿。这一发现使我万分惊喜,仿佛一个抠土玩的孩子,无意间从土里抠出了钱。我赶忙捧起来,把它们从门后面挪到了窗台上放在阳光下,然后把里面的烟蒂、废纸、枯叶全部清了出来，又细心地浇了水。就这样，这两盆花在我的窗前慢慢地绿了起来，渐渐地长出叶子来。

后来我又买了一本养花的书，才知道那花的名字叫扶桑。书上说：扶桑别名朱槿、大红花、朱槿牡丹。为锦葵科常绿大灌木。茎直立而多分枝，高可达 6 米。叶互生，阔卵形至狭卵形，长 7～10 厘米，具 3 主脉，先端突尖或渐尖，叶缘有粗锯齿或缺刻，基部近全缘，秃净或背脉有少许疏毛，形似桑叶。花大，有下垂或直上之柄，单生于上部叶腋间，有单瓣、重瓣之分；单瓣者漏斗形，通常玫瑰红色，重瓣者非漏斗形，呈红、黄、粉等色，花期全年，夏秋最盛。喜温暖湿润气候，不耐寒霜，不耐阴，宜有阳光充足、通风的场所生长，对土壤要求不严，但在肥沃、疏松的微酸性土壤中生长最好，冬季温度不低于 5 摄氏度。

通过书我还知道了，扶桑花还是马来西亚的国花和斐济的国花。每年八月，斐济的首都苏瓦市还要举行"红花节"盛会，以庆祝扶桑花的盛开，并评选出扶桑花的"皇后"。

书上还介绍，扶桑花也有较大的药用价值。《本草求原》记载，扶桑花有"红白二种，白者治白痢白浊，红者治红痢赤浊"。清代的《陈述斋琐语》记述说，粤中妇女多以扶桑花蒸熟食之以此美容。白花者用作蔬菜，甜美可口。

有了这些知识后,我对扶桑花更是爱惜有加。同时为我能成为马来西亚国花的主人,异常兴奋。

但有一次,我出差回来,发现原来摆在窗前的两盆花又被人放到了墙角,显然也有两个星期没有人给它们浇水了,叶子显得有点萎靡。我急忙把它们重新放到窗前,并浇了水。第二天早晨,奇迹出现了,扶桑枝头居然绽放出两朵鲜艳鲜艳的大花。我一高兴,喊来了隔壁的同事,并开玩笑地说,这花比人还要好,我昨天才回来它们今天就开了,肯定是欢迎我的。大家一阵欢笑。

说来凑巧,又过了几天,这位大姐回来拿东西,看见窗前这两盆开得正艳的花,十分爱惜地捧了起来,一边看一边告诉我,她在资料室时,也养过扶桑,可从来都是不死不活,更不要说开花了。当我告诉她,这就是那两盆"死花"时,她无论如何不肯相信。我向她叙述了全部过程后开玩笑地说:"她们本来没有死,只是你没有诚意总虐待她们。古人云'士为知己者死,女为悦己者容,花为有情者开',就是这个道理。"她知道我在胡诌古人的话,"去你的",把花放回了原位。我说:"本来是你的,你喜欢就拿走吧。"她说:"跟你有感情还是你留着吧,我拿回去,没有感情说不定花又要枯萎了。"说完我们都笑了起来。

这位大姐走后,我又端详起这两盆花,尽管她们并不是花中最美的,但给我的办公室却增添了不少色彩。再想起刚才胡诌的"古人"的"名言",自己不觉笑了起来。然而玩笑归玩笑,道理又何尝不是如此呢!

1989年于沈阳虎石台

爱你，哈仙

哈仙，很漂亮的名字，有点像一个清纯女子的乳名，我不知道，渤海中的这个小岛为什么会以此来命名。

哈仙，位于大连的东偏北，庄河的正南方。岛东西长不过三公里，南北宽一公里左右。

我们一行十八人夜间十二点从沈阳出发，黎明时到达普兰店的皮口港，然后，把车存于岸上，乘船两小时便到了哈仙。

据了解，在20世纪90年代前，这里并不被外人所知。外界的人络绎不绝地踏上这个岛，是近四五年来的事。这里和外界隔绝，没有污染；这里海产丰富，物美价廉；这里环境优美，民风淳朴……于是大城市的人们利用种种机会和借口蜂拥而至，或休闲旅游，或躲避城市烦恼，或仅仅是为了物美价廉的海鲜。

我们是在今年初秋才踏上哈仙的，我们是后来者。

我们宿于村西头的玉泉旅社。说是旅社，实际上就是住家。当家人叫张景玉。他家独门独院，双开门的正房一大排，连厅带屋十多间，还有东西厢房两排。他们一家人住在东厢房，西厢房里摆着冰箱冰柜，看来是仓房了。令我们稍稍惊奇的是，他们家居然有电话，而且是国内外直通的。一打听才知道，这里基本上家家有电话，早已是辽宁省有名的电话村了。

我们一行十八人住西边的一套。房间很干净整洁，这出乎我们来前的预料。我们每人每天四十元，吃住全在内。这当然便宜得令我们窃喜。吃得很不错，顿顿都是海物，不以盘装而以盆盛。来前我们主要为的是能尝到海鲜、能下海，花钱还少。来后才发现，这里路不拾遗、夜不闭户的淳朴民风和优美的环境，远胜于吃吃玩玩留给我们的印象。

不管是白天还是晚上，每家的院门都是敞着的，从来不见哪个房间上锁，自行车就放在门外的大道边。尽管我是从农村出来的，但在城里待久了，也感到很不习惯。仿佛我几岁时家里也是这样，又仿佛我是在哪本书里看到过是这样。

但是无论如何不能相信，就在今天，就在眼前会出现这种情形。是呀，我们现在住在城市里的人不要说把自行车放到大道边了，就是放在楼道里也要锁上两把锁，而且还要把它链在栏杆上。这是对自行车采取的安全措施,对于人来说就更严重了。先是一楼用铁栏杆封闭,现在不知是人有钱了没处花,还是社会治安差得没办法,最顶上的八楼九楼也要封。把个好端端的家搞得像个监狱。而在家亦如此,城市里的人很少像农村人那样,虽则清贫(何况现在正在由清贫走向富裕呢!),但总是一家人在一起,不紧不慢,相依相偎,其乐融融呢。我的一位农村的亲戚曾问我,为什么城里的人脾气那么大?当时我不知道怎么回答。现在一想,还是跟城里人生活的环境有直接的关系。你想,一个人大冬天骑个自行车去上班,一个小时的路程紧赶慢赶还是迟到了,自己冻得要死不说,还要挨批评、扣奖金。晚上又骑一个小时到了家,等你的不是热乎乎的饭菜,而是必须去接孩子,可偏巧孩子被老师留下要补作业,你还得站在外面冻着等,好不容易接到了孩子回到了家,老婆又在嘟囔和同事发生的不快,甚至还掉了眼泪。这样的日子,你说谁的心情能好?城市的普通百姓这样过日子的并不少。因此,仿佛城市人的秉性就是脾气大。

而哈仙确实是另一番天地。烦躁不能没有,但不会弄坏你的秉性;脸蛋固然没有城市人好看,但也用不着费那么高昂的化妆代价而且还整日的不安;生活也有不如意,但更多的时候是其乐融融……

想着这些，我忽然感到，哈仙，仿佛一位圣人，正在慢条斯理地向人们诉说着生活的苦乐。

我已经完全被哈仙迷住了，大量的时间我待在海里。我一直认为大海很无情，但这次我觉得大海是温柔的。我的水性很差，似乎还谈不上会游泳，但我是那么执着而深情地待在海里。游累了，我就平躺在水面上，睁眼看天上一朵一朵的白云变幻着飘过。休息好了，我再继续游，直游到全身发紧，四肢有点不协调了才上岸。这次在海里的时间之长，怕是许多人不能比的，从下午一点到四点半。我拖着疲惫的身子上了岸，心满意足地向旅馆走去。其实我什么也没做，但我觉得自己像个胜利者。

旅馆里，房东的大嫂和她的大姐正在给我们包饺子。我坐下来，一边和她们包饺子一边唠起了家常。女主人很高大、很结实。她的脸很黑，穿着很朴素，一条金灿灿的项链挂在项上。她也很能干，每天至少要给几十个人做三顿饭，肯定不轻松，但她干得有说有笑，似乎很轻松。她告诉我们，他们家里是这个岛上最先接待外地人的。那是1991年，沈阳的十多个人来岛上玩，不知怎么相中了他们家，非要在这里住，他们也就只好留下来了。后来，来岛上的人多了，他们干脆就开了这旅店。从此，全村家家几乎都办起了旅店。现在这个村子的每一家据说都有二十到三十万元的存款呢，这在中国的农村确实是少有的。这些年，女主人的任务主要是经营这个旅店，她的爱人在村办的养殖场上班，当副场长。一年收入近万元。她说，她经营的饭店一年能收入两万多元，我算了一下觉得这个数字是保守的，至少应该在四万元左右。这样，这个三口之家的收入就相当可观了。

他们的儿子还在上小学，十四岁，身体黝黑黝黑的，很强壮。我问她是不是准备让儿子上大学，她说，这个岛上还没出过大学生，不敢指望。这位女主人还告诉我，五六年前他们还不知道海鲜这东西这么贵，那时要什么有什么，比如说螃蟹吧，晚上到海边拿手电筒一照，自己就往筐里爬。说到现在，她叹了口气，说现在太穷了，啥也没有了。我问她那以后怎么办，她只是笑着摇摇头。

我们在哈仙的那几天正是农历七月中旬，天气十分好。白天有朗朗的日照，夜晚有柔柔的月光。吃过晚饭，我们顺着门前的小路去散步。村里还算安静，既无车马声，也无鸡犬叫。偶尔从海上传来小船的马达声，靠岸后不久又由近而远地消失了。路是豆粒般的沙石铺的，道路两旁是茂盛的树木和即将收获的玉米。走在这条小路上会发出"沙沙"声，这使得哈仙的夜晚更加静谧而富有诗意。月光笼罩着大地，海浪拍打着沙滩，哈仙的夜晚真是美不胜收。

我们十多个人迎着月光去散步，在走了很远很远的一段路后，我们在一片空地上停了下来。在这个纯洁明丽的夜晚，只有纯洁明丽的活动才能与之和谐，于是当有人提出来玩"丢手绢"时，大家不约而同地同意了。

十多个人围坐成一个圈，当我们有节奏地拍着手，唱起那首"丢手绢，丢手绢，悄悄地放在小朋友的后面，大家不要告诉他，快点快点捉住他，快点快点捉住他"时，仿佛这首歌已隔世不唱了，也仿佛这首歌在昨天还曾唱着。唱啊唱，我又仿佛回到了童年。一幕幕快乐的镜头从眼前掠过。人尽管还是这些人，但每个人似乎从来没有今天这么可爱。唱着、欢笑着、追逐着，不知不觉我笑出了眼泪。我掉眼泪了！我吃惊自己。为什么？我问自己？我忽然想起了清代文豪李渔说过的一句话："人能以孩提之乐境为乐境则去圣人不远矣。"啊，在这个静谧的晚上，哈仙你究竟是怎样把我们带回天真烂漫的童年的？你又为什么要带我们向圣人靠近，去体味圣人的乐趣呢？

第二天，是一个明媚的日子，凌晨五点多，我们登上了返回的客船。海上的红日正在冉冉地升起，鲜红鲜红的。她仿佛是特意赶来为我们送行的，又仿佛在向我们发出邀请：有空再来。

"再见了哈仙,我爱你哈仙。"我站在船尾,挥挥手,和哈仙作别。

1996年10月于沈阳

送险亭,一个血泪之亭

梓潼,我一直以为就是川北一个普普通通的县城,而且是一个很穷很穷的县。虽然,我也知道,在梓潼有七曲山大庙,我也曾独自或带人参观过,但仍然没有想到,在这块贫瘠的土地上,竟然还积淀了如此丰富、如此厚重的古文化。

5月10日,我们应县委的邀请,来梓潼进行旅游采风。我们在两天的时间里,仔细参观了大庙山、古蜀道、翠云廊等一批古迹。欣赏了文昌时代盛传的洞经音乐。如果有人问我,这次采风有什么感受,我会借用余秋雨先生的一句话:抱愧梓潼。

我首先要写的是一个从心底打动了我的古迹,名字叫送险亭。

送险亭,位于梓潼县北十公里的地方。虽是重新翻修的,但从这个独特而饱经沧桑的名字,立刻让人意识到它所包含的内容之多,在表面平静中所掩饰的不平静。

梓潼县,位于绵阳市的东北方,距绵阳市有四十多公里。据史书记载,梓潼"东北界连龙剑,群峰苍翠于丹霄,西南壤接潼绵,曲嶂迤逦于绿水。坡陀山势就平衍,蜀道之险至此将尽。"从这一记载可以看出,无论是历史上,还是现如今,由梓潼往北,地势都是越来越险峻的,路是越来越难行的。也就是说,过了梓潼,就进入了在中国文学史上多有描述的蜀道了。因此,如果是由南往北去,梓潼是蜀道的起点,而如果是由北往南来,梓潼又是蜀道的终点。而送险亭就在这里。

没有走过蜀道而又深知蜀道艰险的,大多数人是看了李白的《蜀道难》之后知道的。为什么李白能写出流传千古的《蜀道难》?据考证,李白出生在四川的江油市,但李白北上的足迹曾经到达碎叶,也就是现在俄罗斯的境内。当时长安和江油中间横亘着秦岭。一方是家乡的诱惑,一方是京城的吸引,还有外面精彩的世界。虽然蜀道艰险,但作为南来北往的必经之地,李白又不能不一次次地穿行其间。在无数次地经历了蜀道之艰险后,这位恃才傲物到了连当今朝中的实权人物都不放在眼里的诗人,这位敢把世间一切都嬉笑怒骂的浪漫才子,这回总算发出了"蜀道之难,难于上青天"的感慨。因此,他对蜀道难的逼真、形象的描写,并非是浪漫的创作,而是亲身经历的记录。不妨让我们再读一次。

噫吁嚱,危乎高哉!
蜀道之难,难于上青天!
蚕丛及鱼凫,开国何茫然!
尔来四万八千岁,不与秦塞通人烟。
西当太白有鸟道,可以横绝峨眉巅。
地崩山摧壮士死,然后天梯石栈方钩连。
上有六龙回日之高标,下有冲波逆折之回川。
黄鹤之飞尚不得过,猿猱欲度愁攀援。
青泥何盘盘,百步九折萦岩峦。
扪参历井仰胁息,以手抚膺坐长叹。
问君西游何时还?畏途巉岩不可攀。
但见悲鸟号古木,雄飞雌从绕林间。
又闻子规啼夜月,愁空山。
蜀道之难,难于上青天,使人听此凋朱颜!
连峰去天不盈尺,枯松倒挂倚绝壁。
飞湍瀑流争喧豗,砯崖转石万壑雷。
其险也若此,嗟尔远道之人胡为乎来哉!
剑阁峥嵘而崔嵬,一夫当关,万夫莫开。
所守或匪亲针,化为狼与豺。
朝避猛虎,夕避长蛇;磨牙吮血,杀人如麻。

锦城虽云乐，不如早还家。

蜀道之难，难于上青天，侧身西望长咨嗟！

在中国历史上，大多数的朝代定都北方。可以想见，不独是李白，身居蜀中的各色人等，尤其是众多希望得到皇帝赏识的官吏和饱受寒窗之苦的学子们，无不向往着京都。他们或许是为了皇帝的召唤，或许是为了地方的事务，或许是为了进京赶考……总之，京都磁石般的吸引，加上这些人有意识或潜意识的京都情节，都使蜀道变得悲壮，也使蜀道这条"难于上青天"的大道屡屡出现在迁客骚人的笔下和梦中。

无数经历了蜀道漫漫征程的人们，或者即将走上蜀道的人们是一种怎样的心情？独坐送险亭，我分明看见，历史上，有人在此为即将遭遇的险途而踌躇，虽有亲朋好友相送，但个个泪如雨下。是啊，面对这样的艰险，不少人在此生离死别。而我也分明看到，历史上也有人刚刚从北方归来，在盛大的接风洗尘的欢宴中，更多的人也许不是祝贺他荣升，而是祝贺他平安归来，仿佛是在祝贺一次新生。就是在这样一种环境和心境下，送险亭诞生了。

"头头是道，夷送险也送；步步之间，心平路则平"。导游告诉我，这是送险亭上的一副对联。虽然，此次看到的是正在修建的送险亭,但我还是被它深深感染了。

提到送险亭,不能不提到清朝咸丰年间梓潼的知县张香海。张香海并不是四川人,而是山东人,道光乙未的科举。咸丰三年(1853)的时候,皇帝下旨,让他署理梓潼。虽说是十年寒窗,一举成名,当了知县,但当他背起行囊,经蜀道来梓潼上任时,心情也是复杂的。从山东到四川,在交通很不发达的年代,他离开的就不仅仅是故土,不仅仅是他所有的亲人。这次到四川,与其说是做官,不如说是背井离乡,所付出的代价是不言而喻的。在到了梓潼的第四年,也就是咸丰七年(1857),这位在学成后总算当了官的举人,也冷静了不少。想想冒蜀道之险来做官的经历,想想做官以来在官场遇到的大大小小的险恶,想想在忠与孝的矛盾中做人的难处,张香海也是感慨无限。但回头再想想,毕竟以前的坎坷已过,毕竟以后仕途光明多于阴暗,他忽然觉得自己应该修一下这个送险亭了,一方面,纪念过去的艰险,一方面祝愿未来无险。就在这年,他小动土木修缮了送险亭,并在《重修送险亭碑记》中写道:"非送险,无以入夷。"

到此,按说张香海的故事该结束了,但这位有着复杂心情的知县还意犹未尽,又在送险亭上写了两句话:"从此履险若夷回头想鸟道羊肠经多少阅历艰辛才博得脚跟站稳,看岩嵌谷锁费如许奔驰劳碌却难教迹绝飞行何妨将人比路摸心。"(也有人说这是意对的对联)从这两句话里,我们更进一步看出他修送险亭的双重意义。

有的说送险亭修于汉代,有的认为修于明代,而我以为,送险亭在何年何月修建,并不重要,重要的是在这险夷交替之地修这样一个亭子,既不是哪个长官的意志,也不是张香海的发明,而是所有面对蜀道的人们的共同意愿和感情投资。是许多人梦开始的地方,也是无数人梦结束的地方。因此,这里注定是一个让人沉思,让人落泪的地方。

"昔者修斯亭,当是慰征客",清朝户部侍郎何彤云这样说。如果说蜀道是一条英雄之路,那么,送险亭就是一个血泪之亭。

今天,蜀道难已经不复存在,投资几个亿的川陕高速公路正在兴建。建成后,四川到西安的距离只需要七八个小时。另外近年来,四川已经建成八个民用机场,蜀道难将彻底成为历史。也许,这是修建送险亭的历代人们万万没有想到的。但是无论如何,作为一处古迹,它所承载的东西是深厚的,需要我们静下心来读,静下心来听。

旧时代用血泪筑起的送险亭,将成为新时代梓潼人民大力发展旅游、发展经济的历史见证。

2001 年 6 月

拜谒报恩寺

四川省的绵阳市有一个平武县。平武县是一个典型的川北山区县。从绵阳到平武不到 200 公里，但道路不平坦。因为我是北方人，所以我是在这里约略体会到一点"蜀道难"的味道。

平武是一个白马藏族、羌族、回族、汉族混居的地区。在这个不到 30 万人口的县，有一处国家级的文物保护单位，这就是报恩寺。

今年"五一"，我有幸再次来到报恩寺，来寻听六百多年前发生在这里的故事。

报恩寺坐落在县城东北角，东西长 278 米，南北宽 100 米，建筑面积 3518 平方米，坐西向东，平面布局由东向西，次第升高。主体建筑布置在一条中轴线上，附属建筑左右对称配列，分前、中、后三进院落。第一院落起于山门，止于天王殿，中有三桥相连，北侧置钟楼一座，门前有八字琉璃墙、台阶、狻猊、经幢、广场。天王殿以后为第二进院落，由正殿大雄宝殿和配殿华严殿、大悲殿、天王殿四座建筑组成。大雄宝殿以后为第三进院落，由万佛阁、南北碑亭、34间廊庑组成。万佛阁后侧有斋房、库舍、龙神祖师之堂等建筑围绕。

报恩寺始建于明英宗正统五年，即1440年。据龙安府志记载，平武古为龙州，"地处边陲，界在氐羌"，为镇抚边夷，明在平武设宣抚司官衙。宣德三年，即1428年，祖籍为扬州府兴化县人的王玺，袭父继任土官佥事之职。据《敕修大报恩寺碑铭》记载，王玺"崇儒奉释，夙植善根"，1435年，进京朝拜时以"古遗藏经无处收贮，恩无补报"为由，"保障遐方，祝延圣寿"为请，拟修建寺庙一所，上奏帝廷。皇帝念其心诚就答应了。王玺奉旨回来后，便"爰竭资产，鸠工积木"，于明正统五年，即1440年破土动工。历时七载，大功告成。代宗景泰三年，即1452年，王玺去世。他的儿子王鉴袭职，继承先父"未尽之志"继续修建。到1460年全部竣工。名曰："报恩"。山门上还悬挂有一道"敕修报恩寺"的匾。

但是，细心的人们会发现，在报恩寺内，有一座圣旨碑，碑文刻的是："奉，圣旨：既是土官不为例，准他这遭……大明正统拾壹年拾壹月吉旦土官佥事王玺建立"。既然是修前已得皇帝恩准，为何会有"准他这遭"

之说呢？

这是一个谜。但这是一个不难破解的谜。我认为，作为土官王玺曾多次进京朝拜，而且每一次进京自然都是有一番感受的，尤其是对皇帝的居所、生活，对象征皇权的紫禁城。王玺的官虽然不大，但也是一方的首领。在皇帝面前，他是一个小小的卒子，但是在他的辖区的百姓面前，他又如皇帝一般尊贵，甚至可以说就是皇帝。在一个山高皇帝远的地方，一个土官的欲望在不断升腾，在无数次进京得到启发后，王玺有意无意地滋生了一种过皇帝生活的意识。

有了这种意识，手中又有权力，说干就干。于是，他首先从北京请来二十余名工匠负责设计和施工。当时王玺为什么要从北京请工匠呢？是不是想按故宫的模式来建筑呢？资料虽然没有记载，但是从建成后酷似北京故宫，我们不难理解王玺内心深处的京都情结，或者叫故宫情结。其实这也是正常的。作为一个地方首领，古往今来，没有不仰望京都的。仰望京都也就是仰望皇帝，也就是希望得到赏识和重用。因此，对于当官的来说，若说没有一点京都情结也是不现实的，至少也是不真实的。在潜意识中有了这些东西，就难免在日常的行为中表现出来了。因此，报恩寺酷似故宫也就不难理解了。当然，这里也不能排除，作为一个地处偏僻、山高路远、交通不便的地方的土官,在当了多年的官之后,在手下的捧喝中,一天天地飘飘然起来,不时掠过一阵想做皇帝的妄想。

然而,就在经过十多年的建设,即将大功告成时,远在北京的皇帝听说了王玺父子的所为,于是派出人马来向王玺问罪。王玺得到这一消息后,惊恐万状,马上召集手下的人研究对策。于是有人给他出主意,赶快把这个还没有起名的建筑改作一个寺庙,否则,杀头之罪难免。王玺采纳了手下人的建议,立即按照寺院的要求进行改建。首先,在山门外稍间内,彩塑起两尊金刚神像,左为密集金刚,右为那罗廷金刚。殿内南北两稍间内置佛台,台上彩塑四大天王神像。南方增长天王按剑挺立,东方持国天王手持琵琶,西方广目天王手托宝塔,北方多闻天王手撑宝伞,分别代表风调雨顺。

于是,报恩寺就成了今天这个样子,外形酷似故宫,但内部是寺院的摆陈,而完全没有人的起居、理事之所。

在摆陈上有点不同于普通寺庙的是,多数寺庙里西方广目天王拿的是一条蛇,可是这里是一个宝塔。为什么?研究人员认为,是由于时间太紧,做不及了。虽说解释得没能让人心服口服,但在没有更好的答案之前,也只好称是了。

从皇帝的调查组自北京出发,一路游山玩水,到人员来到平武，据说大约用了三年时间，等人一来，原来的宫殿早变成了一座寺院，加上王玺再给京城来的人一些好处，并说，原本就是要建一座寺院报答皇恩的。经过这么一番折腾，这事也就算摆平了。吃好喝足玩过瘾了的人回去把情况奏明皇帝。皇帝虽然知道是怎么回事，但想想在一个边远的少数民族地区做官也不易，于是就下旨："既是土官不为例，准他这遭。"

这样的解释，很符合现在人的思维和做法，也很生动，确实能让人认同。很长时间里，我也深以为然。但我去多了，忽然生出另外一种看法，那就是王家父子本来修的就是寺，本来就是用以报恩，可是身边有险恶用心的人非要把它说成是模仿紫禁城而修的宫，是王家父子有野心，于是告到了皇帝那儿的呢？为此我还把我当时的想法以打油诗的方式记了下来：报恩古寺建龙安，碧瓦朱薨照青山；寺宫易辨人难识，双代磊落惜生嫌。如若真是这样，那王氏父子可是大大地被冤枉了。

这两种解释毕竟都缺乏记载，都是后人结合现实给出的猜想，也就难辨哪一种说法更接近真实了。

也许正是因为报恩寺是一个既不完全像寺院，又不完全像宫殿的建筑群，才使它成为国家级的保护文物。

解说员告诉我们，报恩寺有四绝。第一是整个建筑用的都是珍贵的楠木。楠木，在古代一般用来做书箱，因为它的好处是不生虫子。用楠木建成的报恩寺，历经六百多年，不见蜘蛛结网，不见蚁虫侵蚀，不见燕子筑巢。第二是报恩寺的建筑为重檐歇山式。

就拿大雄宝殿来说，殿的左右两侧斜坡通道上，各有如意斜廊一重，又叫四不挨。斜廊为四方柱支撑式卷棚顶建筑，建立在倾斜10度的斜坡上，不用钉栓，四周又不挨任何建筑，还经历了多次强烈地震，仍安然无恙。斗拱是古代木结构建筑的重要构建之一，具有结构和装饰的双重功用。报恩寺除山门外，大量使用这一技术，总数达2200余朵，种类达48种，变化无穷。建筑专家们认为，这种高超的技术在今天也是一大奇迹，为报恩寺独有。第三绝是寺中塑像突破常规，赋予鲜活的生命力。在报恩寺中，无论是主佛的双目俯视，微笑欲言的神态，还是"三大士"皮肤的弹性、眼睛的顾盼、肌肉的纹路，都表现得形象逼真。由一根巨大的楠木精雕细刻而成的千手观音，1004只手分别前后参差，左右环绕，上下重叠，但互不遮掩，悬空排成15层圆弧，宛如一株绽放的金色菊花。

转轮经藏是用于藏经和供佛的佛门法器，报恩寺中的转轮经藏，通高9.5米，也是用楠木制成。其结构复杂，制作奇特，工艺精巧，雕饰繁杂，既是精美的建筑模型，也是出色的工艺品。转轮经藏周围的4根大柱上各悬泥塑蟠龙一条，龙身长约7米，遍体金甲耀目，筋骨突露，造型各异。有的张牙舞爪，有的怒目而视，有的引颈长吟，气势逼人；有的龇牙咧嘴，奋击长空。宛如活龙再现，大有离柱腾飞之势。报恩寺是群龙聚首之所，寺内柱额梁枋、天花藻井、脊饰瓦当，乃至香炉、匾额、钟纽等处，或雕或塑，或刻或画，到处是龙的形象。据说有9999条之多，因而又被称为"深山龙宫"。这是报恩寺的第四绝。

平武县是一个少数民族县，在这个偏远山区有这样一处国家级文物，也算是一笔财富。平武虽所处较偏，但我觉得地相对广，人相对稀，自然环境不错。因此，我感到这里处处都很有灵气。一到这里就有一种近似心旷神怡、超凡脱俗的感觉。

这次拜谒报恩寺时，幸得县委书记赵映坤相陪。赵书记是一位很能干的领导。我们常常在一起谈话，有许多谈得投机的话题。我曾在不少文章中也引述过他的观点。过去，这里的财政收入主要是木材，但一直靠上级政府的补贴过日子。最近几年，木材禁伐后财政更为困难，也可以想见在这里为官的艰难。也许是为了"为官一任，造福一方"，也许是为了一种责任和义务，也许是一种良心，我觉得他在这里花了大量心血，有时候一连几个月不回家，甚至到了呕心沥血、披肝沥胆的地步。他告诉我，最近这里的一个活溪河水电站正在上马，这个工程建成后,平武的财政状况将彻底改变,人民也将更加富裕。

看来,有着丰厚文化积淀和秀美风光的平武县,将在不远的将来走向富裕。人民要报新中国的恩,要报时代的恩了。

2001 年 5 月于绵阳

止于 STOP 的联想和启示

在南非的旅行中,我注意到,许多城市的街头很少有"文明行车"的口号和提示,但处处能体会到行车的文明。

靠红绿灯来规范交通,已经成为全球的通则。南非亦不例外。但在南非,在每一个没有红绿灯的交叉路口,或是有行人出入的地方,地面上都有一个清晰的字——"STOP"。

这个字在外地人看来,也许会视而不见,但在南非的驾驶员眼里像警察的手势,所有的车见到它都非常规矩;这个字像红灯,所有的车见到后都会等待,尽管这个字既不是警察又不是红灯。

遇到 STOP 停下来的车辆,必须两边观望,在确定没有车辆后才能通过,否则,只能让主道的车或行人先通过。即使前面根本没有车,遇到 STOP 也必须停车,不但要停车，而且要停稳，绝不能象征性地只是减速而不停。给我们开车的是一名二十四岁的华人大学生，她十岁时就来到了南非。我问她："前面没有车为什么遇到STOP还要停下来？"她很自然地告诉我："这是南非的交通规则。交通规则可以不遵守吗？"她反问我。我说："可是前面没有车也没有警察呀！"她说："规则对我们来说，违反它有时比遵守更难。何况这些都是为自己好。为什么要去违反呢？"

在另外一个路口，我们的车和另外一辆相遇，两辆车同时减速同时停了下来，然后两位司机相互抬手示意对方先行。虽然这些都是小事，但着实让我们感动。

为什么？因为这样的情形对我们来说太新鲜也太陌生，而我们熟悉的是，两车相遇互不相让，即使在斑马线上礼让行人的也实在少见。有时警察有了手势，有的人还要猛踩油门冲将过去。对于规则，在不少人看来，遵守仿佛是为了警察，而不是为自己。把违章行驶而没有被警察抓到或者抓到了通过求人的方式得到解决当作一种骄傲的谈资或本事。更有甚者，利用自己的特殊身份，对警察出言不逊。真是令人难以理解。在国内的许多城市，没有警察的晚上，红灯基本都形同虚设。两相比较不能不让人生出感慨和感动来。

在开普敦，一名已拥有南非永久居留权的成都女孩儿告诉我们,在南非考驾照是相当难的。即使你考试合格了也要先拿两年的学习驾照,然后,才能领到正式的驾照。而且考试之严格也是闻所未闻的。包括在STOP处停车不稳都不行,停车后观望不仔细不行,观望时包括你的头转动的角度不够都不行。可见南非政府对驾车人要求之严。

在中国有一句古话:"严是爱,松是害。"看来,南非人比中国人更深谙这句话的真谛。是啊,如果连事关人命的事情都可以马虎,那么还有什么能够认真的呢?我曾在国内一地亲眼看到,一名连续变道而不打灯的女士,被一名警察挡住后,生气地问警察:"我没有违章你为什么要挡我?"当警察告诉她,变道没有打灯是违章时,她居然反问:"变道还要打灯吗?"说到这里也许有人要笑这名女士,但是请问,这个不懂规则的人的驾照难道不是警察发给的吗?在责怪这名女士的同时,更需要责怪的是不是还有我们的发证部门?

我在想,我们为什么宁愿花那么大的气力来维持交通秩序纠正违章,而不愿意花相比之下更小的力气来从源头上严把关口呢?我们为什么愿意花那么大的本钱对事故进行赔付,而不愿花相比之下小得多的本钱进行文明行车的教育呢?我历来对交通警察在严寒、酷暑、噪声污染中工作的辛苦深表同情,但是此次南非之行使我感到，在一定程度上，中国交通警察的辛苦有咎由自取的成分。也许这句话说重了，但是并非无稽之谈。

我也曾到过不少国外的城市，但是很少看到交通警察的影子。而我们，不管大大小小的城市，总能见到笔挺地站立、忙碌地指挥着车辆的交通警察，尽管我们拥有的车辆远远少于这些国外同类的城市。而令人匪夷所思的是，我们居然将此称为一道亮丽的风景。

就在我写这篇文章的时候，又读到《新苏黎世报》上的一则评论："中国道路的交通状况再清楚不过地显示：中国人内心中简直是无政府主义。"这家报纸在对中国混乱的交通表示吃惊的同时认为，"如果换作瑞士人来中国开车，起码能减少一半的交通事故"。是啊，连国外都震惊了的中国交通难道不值得我们警醒吗？

STOP在南非人看来，就是红灯，就是警察。但是它又实实在在地不是红灯和警察，唯其如此，它才值得我们深思，如果它真是红灯和警察又有何深思的价值呢？因此，止于STOP，不仅仅是为了遵守一种规则，不仅仅是为了自己和他人的安全，也不仅仅是为了一种秩序，更是一种文明或文化。一个离开了警察就交通混乱的城市，谁能说是一个文明的城市？一个离开了警察就不会走路的市民，谁能说是一个文明的市民呢？交通如经济，有序才能健康，有序才有速度，有序才能有安全。

随着我国人均拥有车辆数的增加,我们是不是更应该从止于STOP的文明中得到更多启示呢?

2005年1月

肯尼亚，你的名字叫神奇

在肯尼亚，我一直有一种特殊的感觉：即使肯尼亚没有良好的生态，没有明媚的阳光，没有如牧场一样的野生动物，仅有一代又一代伟人和大师们留下的种种神奇和浪漫，就足以使这个国家在人们的心中变得伟大，就足以使这个国家拥有取之不尽的资源，也足以使这个国家的一代又一代人为之骄傲，也足以吸引一代又一代的外国人到此来追寻这些伟人们的浪漫足迹。

位于东非高原上的肯尼亚野生动物资源非常丰富，天然动物园闻名世界，多少年来一直有"鸟兽乐园"的别称。一个世纪以来，包括罗马教皇保罗三世，美国前总统罗斯福、克林顿等在内的世界各国元首、要人频频到访肯尼亚，英国威廉王子更是多次表示只想到肯尼亚买幢房子过世外桃源的日子。除了这些政要们的足迹，海明威等一些大名鼎鼎的人物也在这里留下许多数不胜数的浪漫而神奇的故事。海明威旅行肯尼亚时曾对爱人说："天之骄子才能来到非洲。"

去年11月22日，我们踏上了这一美丽的草原。在两天的时间里，我们一边尽享这一动物主宰的世界的神奇，一边聆听着辽阔草原诉说的浪漫。

据说，第一个掀起肯尼亚热的是美国第二十六届总统罗斯福。1909年，身为总统的罗斯福走出白宫来到了肯尼亚。出行的招牌看起来不但冠冕堂皇，而且还有点神圣：为史密斯学会收集动物标本。但他在肯尼亚整整待了一年，每天实际所做的工作是疯狂地狩猎。他带来的250名随从每天的主要任务就是为他扛枪、助攻和拍照。据说场面不亚于中国古代的皇室围猎。这个精力旺盛的总统，此次肯尼亚之行得到了三大收获：一是猎杀了1100个动物，其中包括500只大型动物；二是留下了许多站在被射杀的狮子、犀牛等草原霸主旁的得意照片；三是出了一本炫耀此次旅行的书《非洲狩猎历险》。如果说，由于罗斯福和他的这本书，挑起了人们对肯尼亚狩猎的兴趣的话，那么，海明威随后写就的《非洲的青山》则使肯尼亚以野生动物狩猎活动而闻名全球。之后，不但欧美各地的富商权贵趋之若鹜，大批普通游客也纷至沓来。

也许是受了罗斯福的影响，1926年海明威在《太阳照常升起》中就表达了一种强烈的到非洲打猎的愿望。七年之后的圣诞前,海明威坐了半个多月的轮船又搭了300公里的火车来到内罗毕,开始了渴望已久的狩猎之旅。海明威在一名猎手的陪同下,带好了所有的必需品,一行六人进入草原深处。面对美丽的非洲草原,海明威曾感叹:"活了三十四年,尚不知世界上有这样一个美好的国家。"狩猎中,尽管累得筋疲力尽,他还是每天坚持写作。根据这次狩猎经历,他完成了著名的《乞力马扎罗的雪》和《非洲的青山》。

海明威第二次到非洲更是创造了人生的重大奇迹。这次他租了一架小型飞机,结果不幸的是飞机在躲避飞鸟时坠毁。可是幸运的他竟然大难不死。他被救到了另一架飞机。可是不幸再次发生,这架刚刚起飞的飞机居然再次起火坠落。更为幸运的是海明威再次从飞机的残骸中走出来。两次坠机竟然两次大难不死。即使遭遇了如此不幸,海明威对这片土地仍然依依不舍。以后他曾多次说:"我唯一想做的事就是重回非洲。"

除了这些硬汉的表演,在肯尼亚这块神奇的草原上演绎的浪漫爱情故事,更打动着一代又一代人,成为人们向往的圣地。《走出非洲》至今看来仍然让人心醉。这部作品根据20世纪四五十年代享誉世界文坛的丹麦女作家艾萨克·丹森又名卡伦的同名自传体小说改编。1914

年，美丽聪颖的丹麦富家女卡伦远离故乡来到肯尼亚，与定居在那里的表哥、瑞典男爵布罗·布里克森结婚，并共同经营一个咖啡种植园。卡伦对非洲的原始森林、野生动物十分感兴趣，常常外出打猎自娱。于是她遇到了英国贵族子弟丹尼斯。丹尼斯不但英俊得一塌糊涂，而且也浪漫得一塌糊涂。每次探险归来，丹尼斯一定会赶到卡伦庄园，煮一壶咖啡，头枕在卡伦腿上，听她讲述自己创作的有趣故事，或诵诗、弹琴。然而，这段浪漫史并没有维持多久。1930年，卡伦的咖啡园遭受火灾烧成了灰烬，而丹尼斯又驾机失事丧生。卡伦不得不告别度过了十几年青春岁月的非洲回到丹麦。但令人感动的是，一直到晚年，她保持着每天黄昏独上高楼，凭栏眺望情人长眠的非洲方向并低声默祷的习惯，直到77岁安然地离开人间。1986年《走出非洲》一举囊括了包括最佳影片在内的七项奥斯卡大奖。

　　在肯尼亚这块神奇的土地上，精彩的故事实在是太多太多了，而每一个都让人心醉神往。1952年初，还是公主的伊丽莎白来到当时英国殖民统治下的肯尼亚旅游，下榻在阿伯代尔国家公园的树顶旅馆观赏野生动物。2月5日晚上，她突然接到父王乔治六世驾崩的消息和由她继承王位的诏书，第二天一早飞回伦敦。1953年6月2日她正式加冕成为英国女王。这段"上树是公主下树是女王"的传奇，至今使人们相信树顶旅馆能改变人的命运。

也许是受伊丽莎白的影响，也许根本就不是，英国王室中一直就有一种非洲情结。2003年6月21日一个迷人的仲夏夜晚，来自非洲的"震撼"乐队奏响了激昂的非洲音乐。300多名身披各种野兽毛皮，头上插满怪鸟羽毛，大都赤着脚，打扮得奇形怪状的人云集在温莎堡这座中世纪古堡庆祝英国王储威廉王子二十一岁生日。人群中有不少英国最尊贵的面孔，包括查尔斯王储，甚至包括英国女王伊丽莎白二世。

威廉王子对非洲的狂爱早已不是秘密。十几岁时威廉就走访过肯尼亚。2001年暑假，王子直奔肯尼亚，在当地一处有名的私人牧场待了四个多月。在那里他绝大多数时间和这名富豪的宝贝女儿杰西卡在一起。即使上大学后，王子仍多次再来肯尼亚，和杰西卡甚至私订了终身。显然威廉王子的"非洲情结"是根深蒂固的。

是啊，除了肯尼亚，还有哪个国家曾有如此众多的传奇？还有哪里的旅馆可以让游客"与野兽共眠"，能听到狮吼狼嚎和斑马奔跑的声音？

在浪漫神奇的肯尼亚，职业猎人曾是十分荣耀的工作。但1977年5月4日，肯尼亚宣布了禁猎令，转而发展自然观光和生态旅行。目前这里不仅动物种类数一数二，而且被公认为是保护工作做得最好的非洲国家。

今天，肯尼亚已成为世界有名的野生动物观赏区，每年上百万人千里迢迢到此，只为了享受与大象面对面、与狮子擦身而过那一刻的刺激，只为了享受和动物和谐相处的快乐，同时也为了追寻在这里生根的种种浪漫。

2005 年 1 月

走近"高贵的野蛮人"

马赛族人是东非地区较有特色的少数民族之一。目前肯尼亚有马赛人58万多,约占总人口的2％。我们从马赛马拉动物园返回内罗毕途中,顺便参观了路边的一个马赛部落。

车进部落,迎接我们的是一些手执长矛和棍棒、身披红衣的青年人。我们下了车,交了参观费,并和他们的酋长握手后,便见十多个人排着长队,从寨子中跑了出来,在一片宽阔的草地上一边跳,一边呜里哇啦地叫喊着,对我们的到来表达着欢迎之意。跳罢两圈,他们便将我们拥入他们的队伍,和他们一起跑动跳跃。看见有人在拍照,他们便停下来,主动地搂着我们做出了各种造型。刚进村时还冷冰冰的面孔,此时也绽放出笑容。

马赛男子个头高大,长相英俊,表情略带傲慢,曾被西方殖民者称为"高贵的野蛮人"。传统马赛族人过着游牧生活,以牛羊肉为主要食物,生活在狮子、大象等野兽出没的草原。长年共存使马赛族人和野兽之间形成一种默契,他们不但不射杀动物,也从不吃野生动物。而野生动物也很少打扰他们。据说,他们口渴时会拔出腰间的尖刀在牛脖子上捅一下,找一根草管插进去像喝饮料一样吸。

马赛人认为,红色是火,动物怕火,因此,他们中的大多数人穿着红色的袍子。因为生活在野兽出没的地方并以放牧为主,每个人的手中经常拿着一根木棍,充当武器和赶牛的工具。即使进到城里也是这样,据说这是政府特许的。

举行完"欢迎仪式",我们走进了他们的寨子。这个寨子总共有10多户人家。这10多户人家每家相隔不到2米,把中间围出了一块不到千平方米的空地。这些房子都很矮,不到2米,是由一些插进地里的木棍作支撑,然后在这些木棍上涂上牛粪做成的。所有的房子都是一个样式一样的高度。在房子围成的空地上,到处是牛粪,我们来的头一天晚上正好下过一点雨,所以,整个院子一片泥泞。几位老人和孩子就坐在房前的湿地上,还有不少的孩子光着脚在满是稀牛粪的院子里走来走去。见我们到来,大多数都表示出欣喜,因而当我们给他们拍照时,也很配合。洗脸在这里似乎是一件很困难的事,我们见到许多孩子，都是满脸污垢，五六只苍蝇在他们脸上爬来爬去。

在酋长的带领下，我们走进一个马赛人的家。门很矮很窄，须低头才能进去。一进门首先是一个圈羊的地方，厚厚的粪便一直滚到门口。继续往里是个"厨房"，1平方米左右的"厨房"里最好的用具好像就是几个搪瓷缸子。再往里就是"卧室"。但整个"卧室"不见一张床。左边席地铺着一张兽皮，据介绍，是长辈的睡铺。右边一个不大的地方也铺有兽皮，是孩子们的睡眠之处。"床上"看不到有盖的东西。在地中央有两块石头，有一根木棍正在石头垒成的夹缝中幽幽燃烧。这就是这个家庭的取暖方式。我环顾了一下，这个家总共不过六七平方米。整个房子没有窗户，有的只是在所谓的墙上和房顶开了几个碗口大的洞。一方面透光透气，一方面要让这些烟子从房间里爬出去。或许是由于常年烟熏的缘故，整个屋里散发着一股难以忍受的气味。

在马赛部落，我们总共待的时间不超过1小时，但在之后的很长时间里，我依然很震撼：人类已经进入了21世纪的文明时代，但在这里似乎看不到发展的足迹。是时代的发展将这里遗忘了？还是这里的人拒绝发展拒绝文明？我始终不得其解。但是，他们无忧无虑的表情在告诉人们：他们的日子是悠闲自在的，他们的生活是快乐的。这也使人不得不再一次思考那个老掉牙的话题：金钱、汽车、洋房和自由、幸福、快乐之间的关系。

但愿马赛人的生活环境能有所改善，但是，如果这种改善是以牺牲他们的快乐和无忧无虑为代价，我又宁愿它永远凝固不变。

2005 年 1 月

一张特殊的贺年卡

每年春节前总要收到来自四面八方的大量的贺年卡。礼尚往来，我也要给别人寄出大量贺卡。说实在的，对于收到的大量贺卡，我不过是看一下谁寄来的就扔在了一边。而这其中，有一张贺卡却使我端详了很久很久，不但没有扔到一边，而是把它精心地收藏了起来。这张贺卡是山西省忻州市市委宣传部周如璧部长寄来的。

这张贺卡之所以说是独特，一是因为它是自己做的，二是因为在这张贺卡里夹了一张山西特有的剪纸。纸是红色的，图案是一只大大的母鸡和八只小鸡。母鸡安详地昂着头，仿佛沉静在过去一年的收获里，也仿佛在盘算着来年的日子。八只小鸡围在身边，有的在抖动翅膀，有的在相互嬉戏，有的在地下啄食，有的在母亲跟前撒娇，有的在注视着远方。也许因为太小，它们还来不及给母亲献上什么，但是它们都欣喜地陪伴在母亲的身边。

在它们的脚下，春天已经来临，小草正在发芽。我一边看一边情不自禁地发出了啧啧称赞！而透过这饱含喜庆的红色，透过这细腻的工艺，透过这绝妙的构思，让人感到一种祥和、自在、幸福、美满充溢其间，一种超凡脱俗的天伦之乐笼罩其上。收到这样的礼物能不让人激动！

而让我激动的另一原因是，这一礼物对我来说太熟悉又太陌生了。说陌生，是因为至少有二十多年了，我没有见到过这些东西。说熟悉，是因为在二十几年前，我的家每年过年时，剪诸如此类的东西简直就是一项规模盛大的"群众运动"，包括我一个男孩子，甚至都要亲自参与。

我出生在内蒙古大青山脚下的一个穷乡僻壤。因为这一地方百分之九十的人都是从山西走西口而来的（我们的祖籍亦是山西），自然山西的一些民俗也被带了来。剪纸就是其中之一。那时，我们家住的是一种土坯房（现在不少人仍住的是这种房子）。窗户很大，但并不是全部装的玻璃，只是下层是玻璃，上层用木头做成窗棂，然后在窗棂上糊的是麻纸。玻璃是不用换的，但是麻纸，每年春节前必须要换。因为白花花的麻纸和过年的喜庆不相称，所以换麻纸时，就要在新的纸上贴一些带颜色的花。大约那时没有专门卖这种花的，或许因为人们压根就买不起，因此，每到过年时家家都要自己剪窗花。我记得，每到年根，村里的大姑娘小媳妇们最忙碌的事就是在一起切磋剪窗花的事。这时节，谁家的姑娘媳妇手巧啦，谁家从外地拿来了新的花样啦，甚至谁家买了一把好使的小剪刀啦，都成了人们议论的热门话题。一些家里没有姑娘媳妇的老人也要凑过来，说一些夸奖的话，提前向这些姑娘媳妇们订货（当然是不花钱的）。我记得，我的姐姐就算这方面的一个能手。每年这个时节，她在帮着母亲忙完家务后，都要起早贪黑地剪窗花，因为除了自己用，还要给爷爷姥姥们剪，还要给别人剪。我记得她有好几本大大的书，书里夹的全是窗花的样品和已经剪好的窗花。谁来索要她都翻开让人家自己选，我看她从来都不吝啬。她剪纸时，先是将一张红纸整整齐齐地折叠起来，然后，在纸上用笔画出自己要剪的图，然后再去剪。因为纸是折了好几折的，因此，每剪一次就可以剪出好几个。有时她根本就不画，而是直接剪。但还有一种情形非常有意思，那就是看好了别人的样品，可是又拿不来，怎么办？这时候她就会用一张白纸，打湿后自然地贴到一张小小的薄薄的木板上，然后再将自己要的花的样品湿后贴在这张纸上，全部打湿后再拿到煤油灯上用烟来熏。等熏好后，纸也差不多干了，这样将别人的样品揭下后，你就会发现，原来的花样被清晰地"拷贝"了下来。因为觉得有意思，所以，这类帮忙的活，小时候我也干过不少。只是直到今天我才感到，家乡人们自己创造的这一办法实在算得上是伟大。这些花剪好后，等换窗户纸时，就在大的格里贴大的小的格里贴小的，而且还要讲究颜色的搭配，花的对称。还有些花，是要贴在明亮的玻璃上和屋里的墙上的。因为有了这些红红绿绿的剪纸，年的气氛就一下子出来了。

剪纸（我想应该是来源于剪窗花的），虽然我很熟悉，但我一直不以为然，认为不过是乡下人一种简单的没有档次和品味的玩意儿罢了。可是收到朋友用剪纸做的贺卡，却使我大大震动了：这哪里是没有档次的玩意儿啊？从精美的构图，到细腻的剪法，从表达的丰富内容，到提供的想象空间，剪纸实在可以称得上一门精巧的艺术。而这门艺术从小就在我的身边，只是从来没有引起过我的思考、探究和认真的对待。

感谢朋友寄来的贺卡，感谢这张特殊的贺年卡使我重新认识了、伴我长大的深深扎根在家乡沃土里的剪纸艺术。

2005 年 1 月 7 日

熬糖饧

小时候,年,是在熬糖饧的等待中慢慢走来的。

大约在腊月中期,塞北的农家便开始了年货的准备。说准备年货其实也没有什么太像样的东西,条件好一点的人家,能杀条猪宰几只鸡。但是宰杀的猪至少要卖掉一半。准备得最多的一是磨黄米做油糕,二是将土豆、萝卜擦成丝攥成团,以备正月包饺子时可随时做饺子的馅。熬糖饧,便是对炸过萝卜丝后的水的一次再利用。

童年的我们之所以对年一往情深,我想和今天比,主要是我们曾经为年的到来而那样地辛劳过,虽然我们还是儿童。至少我们家是如此。父母一生生育了我们五个儿女,每一个相差都不到三岁。一个七口之家在那时也算是大人家了。人多家穷是那时的一个普遍现象。我们家更是如此。我记得每年过年我们家很少杀猪宰鸡。这些本来应该在过年时宰杀的东西,在我们家,年还没有到肯定就会被卖光的。因为七口人的吃穿全是靠了卖猪卖鸡的钱，其他没有一点子来路。因此我们家过年准备最多的是炸萝卜丝炸土豆丝，做正月里的饺子馅。因为吃饺子是北方年的代名词，虽然这饺子的内涵区别很大，但是表面看来，我们也是在吃饺子，有谁会关心你的饺子到底是肉馅的还是菜馅的呢？为了和别人家一样顿顿有饺子吃，我们家就必须比别人家多备一些萝卜丝土豆丝之类的东西。因此，年前我们家最忙碌的便是擦萝卜丝和土豆丝。那时我记得，我们家每年至少要擦几百斤的萝卜，反正是一铺很大很大的炕，几乎放满了盛萝卜的家什，光把萝卜擦成丝我们一家人就好像要擦一天，擦完后就去炸。先烧满满一锅水，等水沸后将萝卜丝倒进锅里去，煮至半熟后捞出，凉后，攥成团拿到外面去冻。一锅一锅地炸下去，自然便要产生很多炸萝卜的水。这水是不舍得倒掉的，是要保留起来的。因为这水里含了很多的糖。当所有的萝卜丝炸完后，这水就成了我们眼中的宝贝。第二天对我们来讲是最兴奋的，因为我们可以从这些水里来熬糖饧了。说到这里，您肯定清楚我写下的这个题目了。其实就是从炸过萝卜丝后的水里提取糖。只是不知是谁的发明，把它叫作了熬糖饧。

　　怎么个熬法呢？先找一个不影响做饭菜的地方，然后在一个大大的锅台上架一口干净的大锅，将这些保留起来的水倒进这口锅里，然后在下面烧起火来。让水变成蒸气蒸发掉，直到所有的水蒸发掉后，剩下的就成了黏稠黏稠的红乎乎一种东西，这便是家人叫的糖饧了。我没有准确地计算过，但我估计，一百斤水，最多只能熬出二三两糖。我记得我们家最多时也就能熬出一碗吧。蒸发掉几大锅水，不是一件容易的事，至少要一天多的时间。为了得到这一点点糖饧，兄弟姐妹们之间对熬糖饧工作是明确分工的。比如谁抱柴谁烧火，谁加水等。因为有诱惑，所以大家对各自的分工也是很负责的。因为得来不易，所以我们非常珍惜。珍惜到什么程度呢？就是不到正月家里不许谁去动一下，否则父母知道了要重重责骂。只有正月到了，才能拿出来吃。怎么吃呢？说起来也真是可怜，其实就是蘸油糕蘸馒头吃，当一种糖吃。因为那时实在是太穷了。对于现在的人来讲，也许觉得可笑，但那时在一个贫穷的农村有几家人能买得起糖来过年呢？因此在过年的饭桌上，母亲每天都会倒一点出来让我们吃。这一碗糖饧在我们家至少是要吃上一个月的，而且有时还要用来待很亲近的客人。

今年回家过年，问起来熬糖饧的事，别人笑我怎么什么都记得呢。是啊，何曾忘记呢？因为过年的美好、过年的美丽、过年的让人怀念，这熬糖饧不能不说是一种载体。它承载了我太多的记忆，太多的辛劳和期待，承载了太多年味。今天的人们总在讲年的味道越来越淡了，是不是和这些承载着年味的载体的消失有着密切的关系呢？比如放鞭炮，比如迎喜神，比如接财神等活动。就这些事问那些小孩子们，作答都是摇头了。是啊，日子这么富了，谁还会花那么大的力气去熬糖饧呢？再说，谁家过年还会以吃萝卜为主呢？这怎么能怪孩子们不知道呢？想着这些我忽然有些怅然。但我又想，有些东西随着时代的进步是必然要被淘汰的，这是不以任何人的意志为转移的。只是我不清楚，到底是谁发明了熬糖饧的呢？民间有太多的发明难以找到发明的人，比如这熬糖饧。我也在想，即使今天我们吃的糖，从营养和环保的角度讲，又如何和糖饧去比呢？当今天的我们，把胡萝卜当作健康食品来大加肯定的同时，其实，我们在最最困难的时候不正是以此为主食的吗？而且我们还是吃的胡萝卜的精华部分。也许再过几十年，人们不但不知道熬糖饧，而且连什么是糖饧也不知道了。这的确是时代的进步，但在时代进步的同时，是不是有些东西不该丢掉呢！

2006 年 2 月

老　屋

今晚失眠，脑子里总浮现出老家的老屋来。

其实，我说的老屋已经是记忆中的。

十五年前，在我们举家搬到县城后，老屋就慢慢倒塌了。倒塌后，村里的人有的要用土坯，有的要用椽子，有的要用石头，各取所需，加速了它的消亡，今天基本荡然无存了。

我的老屋方方正正，是一个由一排正房、一排南房、一排东房、一排西房组成的院落，南北东西大约各有20米。院门是半圆形的，开在南边，大概有3米高3米宽。大门一关，院子基本"密不透风"。在我小时候，甚至即使今天看来，它也是我们村里最好、最有历史、最漂亮的院落。

整个院落坐北朝南，北高南低。夏天下雨时，雨水会汇集到院子里，然后由北向南流出大门。冬天下雪后，为了房子的保暖,须在房顶铺一层厚厚的麦秸,否则屋内会结霜。正房有三间,我记事起,我们住的是最东边的一间。爷爷和奶奶住中间一间。最西边是放杂物的,我没记得有人住过。南房有两间,一间是粮房,一间是磨坊。西房有两间,一间是炒房,一间是羊圈,中间是一个露天的草垛(过冬的牛羊草都集中在这里)。东房也有三间,在我的记忆中一直有墙没顶,多半是搭了临时的顶,圈了猪和鸡,或者堆放了柴草和常用的燃料——牛羊的粪便。由于是北高南低,有点坡度,所以不但进得大门须仰视正房,而且要进到正房必须上两级尺把高的檐台。

我们住的房间里,进门的左手是锅台,锅台的下面有个风箱,风箱的旁边有个猫道(供猫进出)。锅台紧挨着炕,炕有 2.5 米深 5 米宽。在我记忆中,我们的炕至少经历过四次革命:最早是土炕,没有任何铺的;后来有了竹席;后来竹席上加了牛羊毛的毡子;再后来毡子上有了炕布。而且炕布也有两次革命:最早是塑料布,后来是把白布染了色,作上画,漆后,作为专门的炕布。母亲做过一块黄色炕布,是按炕的大小做的,因为在村里是最早的,所以尽管也花了她不少钱,但她一直很自豪。我至今记得那次炕布革命。从锅台到炕上,要做半米高的墙围子。这墙围子是请了当地的画匠做的。先打了底子，再画画，再上漆。墙围子的作用，我今天想，一方面应该是美化家，另一方面是人靠墙坐时以免蹭到墙上的灰吧。

进门的右手边即东墙，是一排瓮（缸）。依次是腌菜瓮、醋瓮、水瓮、面瓮。吃的喝的基本都在这里。在东墙上有个小门，门是红色的，所有的碗筷、调料都放在这里。在这个小门的上方，有四根绳子从房顶垂下来，挂起一个简单的木架，我们吃饭用的笼屉连同吃剩的东西就挂在这上面。因为在那个年代，没有比吃的更令人关注，所以至今记得清晰。正面是一个不足两米的木柜，也是红色的。这个柜子有两个盖儿，其中一个，在我的记忆中永远上了锁（后来，我问母亲那时柜里有什么，母亲告诉我，最值钱的就是几个鸡蛋，两包糖精吧）。柜子上面的墙上，记得挂过毛主席的像。后来又挂上了我们自己的各种照片。

窗户是北方农村特有的，下面是四块玻璃，上面是糊了纸的木头窗棂。高大约1米，宽两米多。夏天天热时，可以把上面的木头窗户向外推开透风。冬天天冷时，要在外面挂上牛毛窗帘子防冻。至今记得，冬天的玻璃上会冻出厚厚的冰，我们会背着大人，伸出舌头去舔（我现在也没想明白为什么）。有时候，会冻出很多花，有的像树，有的像山，有的像动物。冬天天冷，出不了门，有时候就傻傻地看这些，所以印象很深。窗外的屋檐下，燕子筑了巢。每年春天，燕子归来，就记得，我家的小猫会整天蹲在窗台上，滴溜溜地转着眼睛，一整天向外看。

在我的记忆里，我们的大院里总养着很多的鸡、羊、猪。这些自然都是母亲的活儿。我想，我们一个七口之家，所以还能勉强度日，五个孩子一个个上了学，完全是父母持家有方吧。也应了那句古话"家有常业，虽饥不饿"。但我知道，我们家虽然养的鸡不少，却很少吃过蛋，几乎是攒够20多个，母亲就会拿到供销社卖了，换回必需的咸盐、煤油（直到1989年我家点的仍然是煤油灯）等。冬天到了，鸡不再下蛋，许多会被宰杀，但也绝不是为了过年。羊、猪也要杀，但留给我们过年的只有头蹄下水，其他的都会卖掉。包产到户后，又增加了马、牛、驴，"资产"是比以前增加了，但父亲更加辛苦了。为了养活它们，冬天，不管多大的雪，半个月总得切一次草。不管多冷的天，一晚总要起几次。我至今不知道，究竟是怎样一种信念和毅力，使父亲一坚守就是几十年。

我就出生在这样一个老屋，并一直在它的庇护下长大，直到十五年前全家搬离（冥冥中我觉得它会一直庇护我们）。住这么大个老院子，辛苦的当然是父亲和母亲。为了使所有的墙和屋顶不破败，他们每年都要花很多时间来抹泥修补（当地人叫作泥工）。我记得，他们要到很远的村外挖土，挖好了要用车推回来，在土里拌了细碎的麦秸，再挑水和成泥。一个人蹲在高高的墙上负责抹泥，一个人要一锹一锹地把泥托上去。至今我不知道，瘦弱的母亲是怎样完成这项即使是一个强壮的男人都难以胜任的苦力。大约要忙半个月吧，父母才能做完该做的泥工。

我们的老屋尽管寒酸简陋，但母亲天生爱干净，把房间打扫得一尘不染，它留给我们的除了快乐还是快乐。比如，睡前姐弟们在铺开的被窝上的打闹嬉戏；冬夜围炉争抢两个土豆或一个馒头；在母亲穿针引线时淘气地打翻煤油灯，在父亲拨打算盘时有意地起哄捣乱。冬天在院子里支了笸箩捕麻雀，或者堆雪人。夏天在院子里摆家家捉迷藏。好几次，我藏起来了，但别人没来找，我便睡去了，直到晚上在片片蛙声中醒来，连饭也没得吃。老院子是安全的，大人从不会担心出事去找……现在回想起来，快乐其实和寒酸简陋无关，和富贵豪华想必也无关吧。

老屋在村子的最西边。老屋的墙外有十多棵树，有杨树有榆树，是我们姐弟和父母一起种下的，这在村里很少有；老屋的西南有口井，很深很深，是我们家的人和畜专用的，这在村里是唯一的。我们的老屋前有条沟，叫南沟，只在下雨时才有水。南沟的南边有个山，叫南山。我们住在南沟北边的山下,但这个山不叫北山叫后山。老屋的后面有条路,很窄很不平,但我们姐弟们都是从这条路上走出去的。

之所以说老屋有历史,是因为它确实是新中国成立前我父亲的爷爷和我的爷爷修盖的。它曾做过人民公社的大食堂,也曾是全村人加工粮食的地方。大队修渠时,它曾是指挥部。大炼钢铁时,它也是集中地。村里的校舍没修好前,它还曾做过临时上课点。公社、大队来了"领导",也都吃住在这里……

你问我的老屋在哪里?我告诉你,在内蒙古乌兰察布市四子王旗忽鸡图乡庙后村西沟子。

我之所以要如此烦琐地记下它,一是家有敝帚,自享千金,在我看来,它确实很金贵,我想念它;二是我不希望随着实物的消失而找不到它,有一天我会找个画家照我写的把它画出来。

因为,我总觉得,人生,没有比找不到自己的家、找不到自己的出生地(老屋)更可怜的了。

写于2017年3月26日凌晨
改于2017年4月3日晚上

怀念家的粮仓

粮仓与我的生命是息息相关的,我至今忘不了,不敢忘。

但我问过很多80后,哪怕父辈是农民的80后,在他们的心中已经没有了粮房与粮仓的概念。

我曾在《老屋》中叙述过,在我乡下的院子里有两间南房,一间是粮房,一间是磨坊。

粮房,顾名思义是放粮食的。在我家的粮房里,父亲用两尺多高的土坯墙分割有很多粮仓,分别用来放小麦、莜麦、豆子等粮食作物。

在粮房的不远处是一个大概占地四五亩的场面,平整后用碌碡碾实,是用来晾晒碾压拾掇粮食的。

小时候,秋天到了,农作物熟了,父母要动员全家出动,抢收小麦、莜麦、油菜籽、豌豆等。这是我记忆中最苦的日子。为了使成熟的庄稼不因抢收不及时而受损，全家老小早出晚归，冒风雨顶烈日，争分夺秒。早年的塞北高原，庄稼因缺雨而长势不好十有八九，给收割带来很多不便。镰刀使不上，人只能跪在地上一把一把地拔，一寸一寸地挪。拔完了还得一个个捆好，十个一堆码到地里。一天下来腰酸背痛腿抽筋不说，手更会磨出血来。回到家连吃饭的力气全无。歇息一晚，第二天还得如旧。母亲心痛儿女们，会用一些破布缝一些似手套非手套的东西戴在我们的手上，这样确实减轻一些痛苦。这样的日子大约要持续20多天。待码在地里的庄稼半干后，会用牛车或者马车拉到场面，铺到场面里继续晒，直到干透。然后再用马拉的碌碡一场一场地碾压。碾一场大概要大半天。碾压后的农作物会使颗粒和秸秆分离。然后把秸秆堆到草房，日常用来烧火，冬天用来喂牲畜。颗粒再经过扬场、筛、簸等工序，基本弄干净。然后就要一袋一袋地背进粮房，倒进各自的粮仓。为了防潮、防鼠，粮仓是要用水泥抹地的。粮食归仓后，看着那些金黄的小麦、黄灿灿的菜籽、白生生的莜麦，真是心生喜悦。我记得最深的是父亲总是会围着这些粮仓一圈一圈地转，一会儿摸摸这个仓里的，一会儿摸摸那个仓里的，一会儿把它们堆起来，一会儿又把它们摊平。从他那高兴劲儿，我第一次懂得了什么叫手中有粮心中不慌。而且，感觉父亲对待这些粮食比对待自己的儿女们还要饱含爱和深情，也感觉他好像从来没有受过那些苦。是啊，父母亲是经历过饥饿的一代，是饥饿的恐惧，使他们如此看重每一粒粮食。而所有的苦，又有哪一个比得了挨饿的恐惧呢！有一次，我跟在他的身后，他对我说："有这些粮食，即便有个灾年，至少两年不怕挨饿了，节省点也够三年。明年如果年景好，还可以卖一部分，给你们买点新衣服了。"在那个年代，作为一个地地道道的农民的父亲，要养活一个七口之家，除了吃穿还能考虑什么呢？

遇有丰年，粮仓会装不下，父亲就会在院子边，挖一个直径1.5米左右很深的直窖，把粮食倒进去，然后在上面铺了麦秸，然后再用土埋上。埋的时候要尽量看不出任何痕迹，还要放上一些农具等东西，仿佛这里什么也不曾埋过。父亲在做这件事时，我有时会笑，会把父亲和老鼠联系起来。

每天吃什么是母亲的事，但父亲会经常看看瓮里的面够吃几天。如果只够吃十来八天了，父亲便会把粮仓里的粮取出一些。取出后，会把这些粮分批倒进一个盛满水的大铁锅里，用一根木棍反复地搅拌，这样反复搅拌的目的是，既洗净了麦子上的灰尘，又会把麦子里的小石块沉到锅底。然后用笊篱一下一下地捞出来，倒到院子里铺好的毡子上去晒。晒干了，再拿到磨坊里去磨面。在机器磨面还没有普及到农村的时候,我记得我家院子里的这间磨坊是十分繁忙的,有时候甚至灯火通明。因为全村几十户人家只有这一间磨坊。磨坊里最显眼的是一盘大约直径1.5米的磨盘。磨盘分上下两扇,下面一扇是固定的,上面一扇是可以转动的,而且有个洞。把粮食倒在上面,用两匹马拉着上面的一扇一转,上面的粮食就会从那个洞里漏到下面去,随着转动,粮食会被磨碎,从两盘石磨的缝隙中挤出来。再把挤出来的碎粮,收到一个细纱布织成的箩筐里过滤,面就出来了。滤不下去的要倒回去反复地磨。直到尽剩麸皮,磨不出面来。这个过程有点像现在有些饭店做石磨豆花。

我之所以记得这些,是因为我小时候曾经亲自参与过。这个过程也很漫长很辛苦。一天下来,人也会变成一个白面人。看上去很可笑。

在粮房的接近屋顶处,有一个孔,是用来通风的,有风粮食不会霉变。在粮房的门槛下,也开了一个孔,是供猫出入的,有猫就会少老鼠。农民没文化,但他们所做的一切却是有道理的。

填饱肚子是愉快的,但生产填饱肚子的食物的过程是艰辛的。此所谓,粒粒皆辛苦吧。

我家的粮仓紧挨着磨坊,磨坊紧连着家,家生产了食物,食物维系了家庭成员的命。但是不知从何时起,我家的粮仓消失了。

我之所以常常想起老家的已经消失的粮房和粮仓来，是因为我觉得记得它的人太少了，甚至连地地道道的农民也快把它忘记了。时代进步了，国家强大了，日子好过了，所有的家庭都是吃一餐买一餐，全赖国家的粮食储备，没有哪一个家庭会备半年的粮食，更不要说一年两年的粮食。这是好事。但"五谷者，万民之命，国之重宝"，如此人口众多的一个国家，不提倡藏粮于民，而且把平悠悠的、肥沃的、高产的土地浇了水泥，改造成工厂、广场，我始终是有点恐慌的。历史上富庶的年代不少，但挨饿的年代也很多，几乎是富饥交替。不知道饥饿滋味的人，固然不会担心，但有过饥饿经历的就不能不担心了。在我看来，人生没有比饥饿更令人恐惧的了。尤其是看看每个人对食物的浪费，对曾经挨过饿的我辈，真的是不寒而栗。对钱财的欲望几近疯狂的国人，是不是想过，没有了粮食，钱财再多，不如粪土，有钱没吃的，该死还得死。

《礼记·王制》中说："国无九年之蓄，曰不足；无六年之蓄，曰急；无三年之蓄，曰国非其国也。"国如此，家焉能例外？

这大概就是我总怀念我家的老粮仓的缘起吧。

许多东西可以成为历史，但我觉得家庭粮仓不能。

但愿我是杞人忧天。

怀念我家曾经有过但已消逝的老粮仓。而消逝的又岂止我家呢!

2017 年 4 月 7 日

老　树

生我养我的老房子，已荡然无存了，除了十几棵杨树和柳树外。

每年回乡我必回老家去看看，每回老家我必到旧址上走走。我也不知道我究竟想找什么，或许只是想走一走转一转吧。而唯一有回应的只有这十几棵老树。我抱它一下它就会柔柔地动一下，我拍它一下它就会欢快地抖一抖。仿佛知道我回来了，在和我点头说话问候。

它真的有灵性有记忆吗？

若是，它该记得当年种下的情形吧！在我四五岁的时候。

在内蒙古种棵树是不易的。有多不易？有人形容：四川插根扁担都可以成林，但内蒙古活一棵树相当于培养一个科长。

因此，刚刚艰难发芽的它，总是被牛呀羊呀咬掉头。

甚至到长大以后，也会因牲畜挨饿被啃掉皮。但它们很顽强，即使主干被咬掉，也会努力地旁逸斜出，把非主干长成主干。

后来，我走了，走了无数的地方，走了很远很远，但它依然坚守着守望着，五十年如一日。

五十年，对人来说，只能活成不惑，而对树来说，却可以活出真谛。

不是吗？不管有何种理由，何种诱惑，它们始终是没有动过的，哪怕是一寸半寸。只是不停地向上向上。坚守已属不易，它还要向上，我实在想不出该有多难！

是不是它懂得，坚守是一种信仰，向上是一种追求呢？而将信仰与追求完美结合的不就是一种真谛吗？

如今，几近参天的几棵老树上，已有喜鹊安家，叽叽喳喳，好不闹热，也算寂寞中的一种慰藉吧。

山家寂寞兮难久留，欲将辞去兮悲绸缪。

面对荡然无存的老屋，虽每次离去时总有这样一种思绪，但毕竟还有这几棵老树守望，除给我慰藉和启迪外，似乎永远在告诉我，曾经的家在这里，回家的路在这里。

包括我的子子孙孙。

老 井

在老树的不远处，有一口老井，深有丈数。

老井的周围有近两米高的围墙，是为了遮挡风沙的。围墙是用石头垒起的，夏天会有许多麻雀在墙里筑巢育后。小时候，我们经常会搬开石头取了鸟蛋拿回家煮了吃。至今觉得美味无比。

围墙的外边有一个1.5米左右宽的石槽，是用来饮马饮羊的。夏天到了，母亲也会拿了要洗的东西，放在石槽里，一件一件地洗。那捣衣声至今觉得十分悦耳。这时，我们姐弟便会帮忙提水。用过的水会从一个小孔里放掉，等水放出来，我们会拦河筑坝玩儿泥巴。

有时我们也会晒一槽水，等不冰了，在里面洗一个澡。因为在内蒙古的农村，洗澡是一件十分奢侈的事，所以至今难忘。

冬天，井口会结厚厚的冰，有时候提水的桶放不进去，必须用一根铁棍把冰凿掉，因为这件事很危险，所以都是由父亲完成的。

井很深，但水并不多，仅够我们一家使用。干旱年头，还有点难。

虽然这口老井给我以很多记忆，但其实我最难忘的是那水的清纯、甘甜。

就是这样一口井却养育了我们三代人，直到十五年前我们全家搬离。

走时，父亲用石头做了一个井盖，盖在了井口上。这是一件看似简单的事，但我想，做这件事时，父亲的心里肯定不简单。

每次回乡，我也总要到这里停留一会儿。我在想，如果我能把故乡的清纯和甘甜带走，那该是一件多么有价而幸福的事啊！

感言

跳蚤的启示

一位朋友曾经给我讲过一个故事，因为这个故事除了很精彩外，还给人以很深的启迪，所以，我至今不能忘记。

这个故事是关于跳蚤和杯子的。

故事说，有人做过一个实验，把一只跳蚤放在一个玻璃杯子里，上面再用一块玻璃把杯子盖上。在跳蚤刚放进去时，它跳得很高。高到什么程度？高到如果没有玻璃盖，这只跳蚤会轻松跳出去。但是，因为有了盖子，这只跳蚤永远没能跳出杯子去。

就这样，很长时间过去了，或许是因为跳蚤跳累了，或许是跳蚤的头碰痛了，或许是跳蚤在杯子里待的时间太长失去了原有的"神勇"，或许是跳蚤已学会了保护自己，或许是跳蚤已疲惫了，或许是……

这时候，跳蚤虽然还在跳，但是，没有一次再碰到玻璃盖子了。

这个时候，如果将玻璃盖子拿走，结果怎样呢？

跳蚤再也不能跳出来了。

"结局是惨痛的，但故事是精彩的"，第一次听到这个故事，我这样想。

后来，我也常常想起这个故事。而每每想到这个故事，我就想，其实在我们的一生中，有许多时候就是这只跳蚤。我们生存的这个世界就是这只杯子，而环境因素、思维定式、生理暗示、文化传统等，就是压在上面的玻璃盖子。虽然，这不是谁放到我们头上的，但也正因没有"系铃人"，也就难寻"解铃人"。所以，也就没有谁能够帮我们把这些东西掀开或者拿走。

但，这个故事并不是悲观的。它给我们真正的启迪应该是：痛，不一定是希望和超越，但希望和超越却不能不痛。当我们不再有痛的感觉时，也许我们已经退步或者正在退步。

希望并痛着，超越并痛着。

这，不正是跳蚤给我们的启示?！

夏之短章

一

是一张温馨、纯情、微笑的脸。

是一只冰清玉洁、凝脂圆润的臂。

走向户外,便走向一种热烈与激情,走向一种细腻与陶醉。然而,这一刻是短暂的,你知道。因此,面对即将落入山坳的太阳,你没有急于表达,只是闭上了眼睛,用心静静地感受……

太阳下去了,光芒却从你的心底散发出来,照亮深沉而孤寂的夜。

二

在草丛中,你阅读山川的清秀;在柔风里,你品尝人间的缠绵,当彩线轻缠的玉臂撩动你心之田野时,一切重又蓬勃起来，连枯死的梦。

终于，你失眠了。

三

拥抱她吧，因为你已失去得太多。你需要一种东西来证明存在，而这种东西只能是果实。

1990 年于沈阳虎石台

冬之短章

一

冬天来了,雪便成了自然的主宰。你站在旷野里赏雪,这飘飘扬扬的雪,仿佛都是落在你的心上,站立愈久,你愈觉得心里厚厚实实地爽快起来、纯洁起来……于是你在想,如果永与这白雪为伍,此生又该是怎样一种境界呢?!

二

在漫长与寂寞的冬夜,你常常泊入那永不封冻的记忆之港,去听春天的潮声,去看夏天的渔火,去尝秋天的果实,那时你便觉得冬是近在咫尺而又遥隔千里了。于是你懂得,冬天是不能缺少童话的,即使没有现成的,自己也不能不去觅。

三

　　踏着心中那首歌，你以雪为伴轻盈地舞着舞着，春绿从你的额头悄然荡漾开去……

1990 年于沈阳虎石台

小草·狗·骆驼

一

藤对小草说:"你要这样活着,选择一棵大树,顺着它往上爬。这样你不但可以改变自己的卑微,许多人还会把你看得和大树一样伟大呢!而且你还可以得到许多在地上没法得到的东西。"

小草听完平静地说:"我从没有想过这些。我虽然渺小,只是想,大地养育了我,秋天到来时该怎样报大地一片金黄。"

二

狗用狂吠提醒主人:我在为你效劳。公鸡却用啼鸣告诉人们:新曙光又到来了。都是叫声,大千世界,有人喜欢狗叫,有人喜欢鸡啼。

三

喜欢骏马的,爱它的威武;喜欢黄牛的,爱它的憨厚。而我独独喜欢骆驼。看它在穷人和富人、平民和权贵面前总是昂起的头,我被世俗压弯的腰也在竭力地挺直。

1989年于沈阳虎石台

父亲有句至理名言

父亲没读过多少书,但总能说出很多有哲理性的话,而且这话似乎只能从他嘴里说出来,让我念念不忘,越咂吧越觉得有道理。

其中他说过一句话:"当爷爷好,但当爷爷没有当孙子好。"

去年回家过春节,四世同堂20多口基本聚齐了。大家有说有笑,吃肉喝酒,猜拳照相,逗弄小孩,好不热闹。父亲年近80,虽身体还好,但说话明显少了。只是笑眯眯地端个空杯频频示意大家喝,那模样像个弥勒佛。

为什么拿空杯,因为年龄大了,我们不让他喝。顺便介绍一下,实际上父亲是爱喝酒的,我记忆中,他的酒量也很大,年轻时,有人来家串门,总要拿出酒,就点咸菜喝杯酒,有时遇到"知己"会喝一天,有时也会醉。那时的酒很差,也很便宜,我记得我们家总是用塑料桶买，大概一块钱可以买五六斤。尤其是过年，来了人，总要倒杯酒。现在也基本是这样，不出正月十五，家家都开流水席。而且小孩也不例外。五六岁的小男孩，来了，也得用筷子蘸一点酒喂到嘴里。有的第一次尝酒，被酒一辣会哭，大人们就会吓唬他："不许哭，再哭灌你一杯。"多数孩子也就不哭了。内蒙人总给人能喝酒的印象，怕是和从小染酒分不开的。我知道我喝酒就比较早。在大学里，我们宿舍的7个人都喝酒，基本都是我带出来的。这种做法可能是受蒙古族人的影响。现在父亲不喝了，但只要我们兄弟姐妹们坐一起，父亲总是希望我们能喝点酒。

记得有一次，我们兄弟姐妹们还有几个晚辈在一起说话聊天，谁也没注意，父亲却悄悄地将一瓶酒拿出来放到我们面前："你们一边说话，一边喝点酒！"当时，我们很吃惊、很惊讶，尤其看着父亲拄着拐杖挪挪蹭蹭的样子。正在我们惊讶时，旁边的母亲开口了："一看就是你们亲爹。"逗得大家哈哈大笑，一边擦着不知是笑出的眼泪还是哪来的泪，一边接过了酒杯。

扯远了，还是接着说这天的事，我们又是一边聊天，一边喝酒，一边夸奖自己的孩子：诸如怎么怎么可爱，怎么怎么聪明，怎么怎么会花钱，怎么怎么学习好，一顿能吃几个汉堡，一岁就会玩儿手机打游戏，两岁就懂得讨好老师等等。总之话题多数是围绕着下一代或再下一代。在这个过程中，好像是大姐首先发现了坐在一边的还有父亲，于是问了一句："爹，有这么多孙子高兴不？"父亲当然说高兴。然后弟弟又问了一句：爹，当爷爷好吧？父亲也当然说好。这本是我们预料中的，我们谁也没有太注意他的回答，而且问这两句答案就在我们心中的话，本来是怕冷落了他的。没想到，顿了顿，他补了一句话"当爷爷不如当孙子好"。令我们举在手里的杯，齐刷刷地停在了半空，良久才发出带泪的笑声来。其实我们知道父亲也并不是责怪我们。他只是说出了一个年近 80 的老人对人类现象的一种普遍感受。我说："爹成哲学家了，说的是至理名言，来我们一起敬爹一杯。"

当爷爷没有当孙子好，真的是至理名言。当爷爷的很多，不一定能说出这样的话，但能说出这样的话的人（或者能理解这句话的人），一定是当爷爷的。

今年 5 月 25 日（丁酉四月三十日），我的孙子孙女诞生了（龙凤呈祥）。我也当爷爷了。这实在是一件令人无比高兴的事。下午 1:30 出生的，我中午一下班就去等待。匆匆看了一眼两个宝贝，又匆匆赶去上班。晚上下了班处理完事又匆匆赶去医院，那时已是 21:00 多。看了一会儿，我正欲走，妻子忽然发现有个蚊子，问我怎么办？怎么办？这么小的孩子，总不能一来到世上就让蚊子咬吧。我毫不犹豫地说，买蚊帐。可是第一哪里有呢？第二，这么晚了，能买到吗？妻子告诉了我一个地方，我就匆匆下楼。但是到了地方，转遍五层楼，也打听了好几个卖东西的，却发现，这个高档的地方根本不卖这些普通的用品。我只好再打车，让司机帮我找。大约花了2个多小时，转了4个地方终于才买到一个儿童蚊帐。抱着蚊帐，汗流浃背地上楼，汗流浃背地支好……看着两个小家伙安全睡进蚊帐里，然后才汗流浃背地挤上最后一班地铁。坐在地铁上才感到累了，腰酸背痛，才想起自己还没吃晚饭呢。

　　回到家，睡到床上，享受着当爷爷的快乐幸福，喜难自禁，毫无睡意，于是再起床，写下得了孙子孙女和当了爷爷的喜悦：孟夏草木长，瑞云绕屋飏。已是喜难禁，龙凤更呈祥。写完再上床，估计是累了，很快睡着了，但确实是很快又醒了。父亲的那句至理名言突然冒了出来。于是，我问自己，如果今天换成是爷爷而不是孙子呢？

　　父亲真的伟大！

人生不过"出"与"进"

百年窖藏,是形容酒的,但和龚学渊老先生在一起,我总想到这四个字。看他慈善的面容,不须开口,便觉得自己已是在一种美妙的情境中了。倘若能听他聊天谈画,便又会从他不凡的谈吐中,感受到博大与深邃,仿佛自己是在一种美妙的情境中畅饮美酒了。

龚学渊,认识他的人皆因他是一位有名的画家,除此之外,恐怕连他的书法写得好,诗写得好,词作得好也不甚了解。而在我看来,名画家、诗人、词人,这些对龚学渊来说,不过都是他生命的副产品,而他的身份应该是一位真正的行者——一位躬行在人生之路上的行者。

和龚老先生在一起,谈画说书自然少不了,但谈的更多的是画外的东西,比如人生。年近七旬的他,对于人生的概括不过"出"与"进"二字。如此充满禅意的认识，真让人觉得醍醐灌顶。想想人的一生，从娘胎出的那天起，不就是向坟墓进的那天的始吗？但这决不意味着龚老是悲观消极的。他说，在"出"与"进"的过程中，一个人的价值在于能找准社会"需要"的方位。

出进与需要，这是怎样的一种人生观，其中又蕴含了怎样的内涵，是值得我们这些俗人慢慢觉悟的。而在龚学渊看来，无论是人类、无论是社会，"需要"莫过于也莫大于真、善、美、爱、人道等。

但是，龚学渊又毕竟是一个画家。

在人生路上，纵然有千般武器，他也只选了一件——画笔。而作为一个画家，花鸟、山水、人物，龚学渊是无所不能的。但是，如果说这仅仅是一个画家必须具备的起码条件的话，那么对一个名画家来说，还必须有比别人更为深厚的功力，更为深邃的思想，更为独到的风格。为此，龚学渊从选择了这件武器之日起，就一头钻进经史子集中、秦代封泥中、汉代法贴中、佛寺庙宇中、现实生活中苦磨细砺，直至运用自如、功力深厚、酣畅淋漓。至此似乎应该说可以了，但他说，一个人不管你有多少优点，更重要的是你要有特点，就像关羽，大刀非他莫属。画家书法家亦然，不管你的画（字）画（写）得有多么好，但你必须要有特点。于是在花鸟、山水、人物中，人物画便成了他的特点。在人物画中尤其以画弥勒、菩萨、仕女、钟馗等为最长。有人评价，他笔下的弥勒，笑容可掬，庄重慈祥；他笔下的观音，面目秀美，智慧雍容；他笔下的贵妃，飘飘似仙，高贵洒脱；他笔下的钟馗，气势磅礴，一身正气。确实这些评价都是中肯的。但是依我看，更为重要的是，无论是花鸟、山水、人物，他都赋予其一个恒久而深邃的主题：美、善、爱、人道等等。90年代，面对改革开放以来中国出现的喜人变化，他给中国的一位伟人画了一幅弥勒并题"乾坤大寿"，表达了亿万人民对中国变化的由衷感激。1995年，他将巨幅弥勒佛像送给了蒋纬国先生，并题"大肚能容天下事，笑口常开夸统一"，表达了海峡两岸无数中华儿女对祖国统一的殷切期盼。自此他的画也成了不少伟人名人的索品和赠品，包括曼德拉、吴作栋等等。

到目前，他到底画了多少佛和菩萨，他自己也说不清，大概几千幅吧，但他留下的很少，多送了喜欢他的人或者被别人买了去。

人们喜欢他画的弥勒佛和菩萨，是因为他的弥勒佛和菩萨画得好；他的弥勒佛和菩萨画得好，是因为他心中有佛和菩萨。他说人即佛佛即人，人即菩萨菩萨即人。人的境界高了就成了佛和菩萨，佛和菩萨的境界低了就成了人。因而，努力而自觉地使自己的境界高尚也是龚学渊一生的追求。她的女儿曾跟我说起过一件事。说龚学渊早起散步，只要见到蹲在楼下的乞丐，总要反身回家，盛一碗热腾腾的饭端给人家吃。天冷的时候还要捎带一件多余的衣服。这使我想到一句话：菩萨慈悲觉有情，菩提心切行愿深，愿在大千世界中，广种福田不惜身。如果说认知这种菩提思想对不少人来说并不难的话，那么做到知行一致对不少人来说就不易了。而境界高下的分水岭也许恰恰就是这易与不易。龚学渊有一句挂在嘴边的话：处己何妨真面目，做人总要大肚皮。在他看来，人们之所以喜欢佛和菩萨，是因为人人心中都有佛和菩萨。也正是出于这种对人佛关系的思想认识，因此，对于他笔下的佛，赵朴初的评价是"人性大于佛性"。

至此，我们似乎才真正走进了龚学渊：一个一生中以画人物尤其是佛和菩萨为主的画家，与其说是他对所画对象的有意选择，不如说是他在人生觉悟的路上思想渐行渐远渐深邃的无意识流露；不如说是真、善、美、爱、人道等思想对他创作行为的主宰。

我还看过他画的另一种人物画，那是中国的一位元帅手挽着一个像亲生子女一样的日本孤儿。在纪念反法西斯战争胜利60周年之际，作为一个在那场血雨腥风中出生的画家、作为一个在人生觉与悟的路上躬行的行者，他站在另一个高度——人道主义的高度，用画表达了对那段历史的复杂而独特的感情。

而所有这些思想感情都是靠其完美的功力表现出来的。就连画界大师娄师白看了他的画后都说:"画路宽,功夫好,笔墨生动,格高意邃。"而更多的评论家认为,他的画取法自然,灵气横溢,功在画外。

自称不是书法家的龚学渊,近些年向他索要书法的人也越来越多,但他始终不认为自己是一个书法家。但是了解龚学渊的人都知道,早在十几年前,四川一些著名的旅游景点便有了他的书法。其中,在国家著名旅游景区七曲山大庙的关公殿有一副他自撰自书的楹联,上联是:真豪杰何羡上马金下马银,问他汉相庙祀何处?美英雄哪惧五关严六将猛,当时人寰义勇谁同。他用另一种方式表达了对历史对人生独到的见解。

无心作诗的龚学渊,却常以诗寄怀,不少诗词见诸报端。前些天,他送我一首近作:清溪绕屋水云居,细雨飞窗梦未苏;一觉醒来无挂碍,床头半是古人书。好一个"床头半是古人书"。在如此浮躁的年代,浮躁得许多人通过靠各种交易(有的甚至相当肮脏)进行炒作仍恐红而不紫的年代,一个有炒作价值而偏偏不去炒作的人,一个把身外之物看得如此之淡的人,一个把与古人对话作为快乐生活的人,我想,即使不是高人也一定不是俗人了。而浮躁的根源恐怕正是缺少文化。一个"腹有诗书"的人，也自然是远去浮躁的。

读书（包括无字之书）写字画画，或许正是龚学渊在觉悟之路上走向深邃博大的行径吧。

行走在觉悟之路上的龚学渊似乎无暇顾及其他，到目前为止，除了在深圳、绵阳难却领导朋友之意办过几次个人画展外，连一本像样点的个人画集都没有出过。但是这似乎也并没有影响他在画界的威望。2006年，应他的老师、原四川美术学院老院长、现四川理工学院成都美术学院院长、蜚声国内外的著名画家蔡振辉的特聘，成为四川理工学院成都美术学院的长期特聘教授。虽然他再三声言自己能力有限及种种困难，最后出于尊师，还是恭敬从命。这使年届七十高龄的他不得不将自己的生活延伸到讲堂。

躬行在觉悟之路上，如果说龚学渊仅仅悟到了人生的"出进"哲学，仅仅把出与进当作人生的框架，似乎还缺少我们总是高调希望的积极意义，似乎还缺少一点丰富多彩的内涵，那么，当他在这一框架中，用人类需要的真善爱砌筑起一座人生大厦后，稍稍驻足，我们顿时发现，这座大厦，原来是那样的雄伟壮观。不辉煌亦辉煌。

2005年冬于绵阳

感事

医　愚

4月23日是"世界读书日"。读书,能有一个世界性节日,我以为,这是读书人的幸事,也是人类的幸事。

书是什么?高尔基说:"书是人类进步的阶梯。"别林斯基说:"书是我们时代的生命。"列宁说:"书籍是巨大的力量。"莎士比亚说:"书籍是人类知识的总统。"雨果则说:"书籍是改造灵魂的工具。"

为什么要读书?除了上述所说的书的重要性外,我想还有这样几个理由。一是我们面对的是知识经济时代,以信息技术为代表的新科技正在经济和社会等诸多领域带来一场新的革命,国家之间的竞争,正成为人才的竞争和知识的竞争。而"为中华之崛起而读书"是每个中华儿女的职责;二是在激烈的竞争中要想实现自己的价值,必须靠读书:读有字之书,读无字之书,除此之外亦无他法。三是社会的发展最终是以人的全面发展为目标，而读书是人的全面发展的必要前提。高尔基说："每一本书是一级小阶梯，我每爬上一级，就更脱离兽性而上升到人类，更接近美好生活的观念。"赫尔岑说得更直接："不去读书就没有真正的教养。"再退一步说，即使在家庭里，我们不能只要求子女发愤读书而自己远离书本。一个好的家长首先应该有知识有教养。

正因为书和人的关系如此重要，在中国的历史上，才有了"书似青山常夜读，灯如红豆最相思"的书人之恋，才有了"读书破万卷，下笔如有神"的读书感言，才有了"头悬梁锥刺骨"的读书精神。综观古今人与书，我们实在没有理由不重视读书。然而，事情并不是这样。国外的情形如何，我们知道的不多，但国人近年来的读书情形，是令人担忧的。2004年12月，中国出版科学研究所公布的第三次全国国民阅读与购买倾向抽样调查结果显示：五年来，我国国民的读书率持续走低，国民阅读率总体呈下降趋势，我国国民中有读书习惯者仅占5%。

几千年的中华文明需要我们传承，靠什么？钦宁格说："书籍使我们成为以往各个时代的精神生活的继承者。"除了读书，难道还有更好的办法？中国正在崛起，崛起的中国靠什么支撑？去年美国《纽约时报周刊》发表了一篇题为《中国世纪》的文章，指出目前的中国有如20世纪初崛起中的美国。但是，在美国崛起时，大多数人在学习在读书,尤其是知识分子,都在埋头读书,从书中寻求解决种种国内与国际棘手问题的答案。但是我们在经济崛起的时候,全民读书率却在下降。过早地陶醉于并不宽裕的物质带来的快感,使我们把精神财富的累积忘在了脑后。这难道仅仅是一种反差?

读书,首先得有书。然而我们的出版情形也并不乐观。资料显示,我国是一个出版大国,但不是一个出版强国。每年出的图书有19万种67亿册,但人均占有的图书只有5册多一点,而许多国家人均拥有图书已经超过百册。"图书出版业是思想重炮"(布埃斯特语),它不但是评价一个国家也是评价一座城市文化水平的重要方面。

不读书会怎样呢?古今中外的名人也多有论述。罗斯福说:"没有书籍,就不能打赢思想之战,正如没有舰就不能打赢海战一样。"狄德罗说:"不读书的人,思想就会停止。"科洛廖夫说:"人离开了书,如同离开空气一样不能生活。"看来不读书并不是一件小事。

有人说:人的精神发育史,应该是他本人的阅读史;一个民族的精神境界,在很大程度上取决于全民族的阅读水平。读书,大而言之是为了社会、国家和人类,小而言之是为了个人、家庭和下一代。无论小大之由,都足以说明读书的重要!

那么如何读书？我以为一要读好书，二要把书读活，三要让读书成为一种良好的生活习惯。古语云："书到用时方恨少"，如若只是这样，还为时不晚。但如果"白发方悔读书迟"那就真的迟了。我想"世界读书日"的真正意义就是提醒我们：读书吧，不要留下这种遗憾！

刘向说："书犹药也，善读之可以医愚。"如是说来，我们选择了读书就是选择了进步，那就让我们的生活学习化，让我们的读书生活化吧！

说"酒"话

一

在中国（其实不止中国），一直就有喝酒的传统。由于中国是一个多民族的国家，因此对于酒也便有了不同的民族特色。喝酒的内容也十分丰富。比如，汉族有一杯神圣的酒，名曰"交杯酒"，凡是成了家的人都喝过这杯酒；蒙古族喜欢"把酒巡歌"，无酒无歌不成席；藏族则有"龙碗见底"；彝族最普通的是"杆杆酒"；而景颇族要喝"礼篮酒"。种种不一，中国酒文化之灿烂可见一斑。

二

在中国灿烂的酒文化苍穹中，有几颗星星至今格外耀眼，有几声叹息至今荡气回肠。"得即高歌失即休，多愁多恨亦悠悠。今朝有酒今朝醉,明日愁来明日愁。"这是罗隐失意的低吟。"对酒当歌,人生几何?譬如朝露,去日苦多。慨当以慷,忧思难忘。何以解忧?唯有杜康。"这是曹操壮志未酬的叹息。而李白的《将进酒》更是将表面豪放而心底无奈的人生与酒的关系写得淋漓尽致:"君不见黄河之水天上来,奔流到海不复回。君不见高堂明镜悲白发,朝如青丝暮成雪。人生得意须尽欢,莫使金樽空对月。天生我材必有用,千金散尽还复来。烹羊宰牛且为乐,会须一饮三百杯。岑夫子,丹丘生,将进酒,杯莫停。与君歌一曲,请君为我侧耳听。钟鼓馔玉不足贵,但愿长醉不复醒。古来圣贤皆寂寞,唯有饮者留其名。陈王昔时宴平乐,斗酒十千恣欢谑。主人何为言少钱,径须沽取对君酌。五花马,千金裘,呼儿将出换美酒,与尔同销万古愁。"读着这样的诗,只要他懂得生命的意义或者与李白有同样的境遇,即使再不胜酒力的人,也一定会频频举杯,豪饮至醉。杜甫的"莫思身外无穷事,且尽生前有限杯",虽不像出自喝酒人之手,但理性得更让人见酒发疯。"诗万首,酒千觞,几曾着眼看侯王",把朱敦儒的这句诗翻译成白话就是:除了诗和酒,王侯算什么?

三

日下,喝酒之风不可谓不盛,喝酒之人不可谓不多,但是真正能够吟出几句流传后世的诗又有几人又有几句呢?随便摘录几句供大家品评。

> 感情深一口扪,感情浅舔一舔,感情铁喝出血。
> 不喝白不喝,喝了也白喝,白喝谁不喝。
> 少喝酒多吃菜,听老婆话早回来。
> 喝酒为醉醉为高,一醉方休最好交。
> 喝坏了党风喝坏了胃,回家小狗跟着醉,喝得夫妻感情直倒退。
> ……

种种不一,苍白得让你觉得真是好酒喝进了狗肚子。

四

在中国,酒是谁发明的很难做出精确的回答,但有两种说法为大多数人接受。一是说夏朝人仪狄,一是说周朝人杜康。

尽管,中国有悠久的酒的历史,但喝酒并不是中国人的专利。外国有许多国家喝酒也很盛。只是外国人喝酒和中国人有许多不同：一是外国人敬而不劝，不像中国人既动手又动口；二是外国人喝酒都是自己花钱，没有公款之说。关于这一点，据中国相当保守的统计，每年至少要喝掉公款上百亿，对于这一惊人的数字，我虽然不敢相信，但我想如果仪逖和杜康有灵，九泉之下也会惊讶！

五

由于喝酒曾在古代达到"大乱丧德"的地步，因此，古代便有谆谆以戒酒相告的。《尚书酒诰》曾说："祀兹酒"、"无彝酒"，也就是劝告人们停止这样的喝酒吧，不要常饮酒了。

在中国的历史上最彻底地提出戒酒并把它写入法律的是汉代的萧何，他造律规定："三人以上无故群饮，罚金四两。"不但中国古代人戒酒，从1920年起，生活富裕的美国人也实施了酒禁，虽至今仍有人喝，但在这样一个高收入和消费的社会，戒令是起着积极作用的。

六

贪酒中之物而后滋事失事者无论是古今中外，我们都能举出不少例子。

家喻户晓的三国张飞饮酒失城池便是沾了饮酒的光

的。不但一个人，一个民族也有因酒而倒霉的。占据美洲并创造了美洲文明的印第安人，据说初次与白人的接触，就是倾倒于白人的酒。人家给他喝酒，他便让出土地给人家，结果这个民族很快就衰亡了。社会学家和历史学家认为，印第安的衰亡原因虽然很多，但荒腆于酒不能不说是其中一个重要原因。

呜呼，概览古今，遍寻中外，饮酒之害远大于益也。

1990年于沈阳

吃　节

中秋佳节未到,月饼香味已浓。对中国人来讲,吃月饼,几乎成了中秋节的全部内容。可能有许多人不知道中秋的来历,可是决没有人不知道中秋要吃什么。

这使我忽然觉得,似乎中国许多的传统节日都和吃有着十分密切的关系。

不是吗?那就让我们对中国传统的节日做一个简单的巡礼。

农历五月初五,是中国的传统节日端午节。端午节的意义何在起源何在(一说是纪念历史上伟大的民族诗人屈原,二有人说是伍子胥的忌辰)?在今天,恐怕多数人是不甚了了的,即使知道的,能说出个子午卯酉的也不多。但是有一点是谁都知道的,那就是端午节该吃什么。的确,这天,不论走到中国的哪里(在国外的中国餐馆这一天我不知道是什么情形),也不论是街头小吃店，还是豪华宾馆，都是有粽子吃的，有黄酒饮的。

端午过后的第一个传统节日就是中秋节，中秋节要吃月饼，恐怕是国人人所共知的吧！我记得，为此，我还专门写过一篇烙月饼吃月饼过中秋的短文。

农历九月初九，二九相重，六为阴数，九是阳数，就叫"重阳"，于是有了重阳节。也许有人认为这个节和吃是没有关系的。但是看看其起源，我们发现，还是和吃有关的。据说，重阳节的起源，最早可以推到汉初。在皇宫中，每年九月九日，都要佩茱萸，食蓬饵、饮菊花酒，以求长寿。看来这个节本身就是因吃而兴的。也许正是因为有吃这一广泛的大众基础，后来这一习俗才传入民间（否则宫廷的东西是很难传到民间的）。

重阳过后是"小年"——腊月二十三。这也是一个因吃而兴的节。据说，每年腊月二十三，灶王爷都要上天向玉皇大帝汇报这家人的善恶。因此送灶时，人们在灶王像前的桌案上供放好吃的。祭灶时，还要把关东糖用火熔化，涂在灶王爷的嘴上。这样，他就不能在玉帝那里讲坏话了。显然这又是和吃有关的。

小年过了是大年——春节，这是中国人最崇尚的节日。这个节和吃有着怎样的关系，您只要注意一下节前大大小小的媒体劝人少吃少喝注意身体的消息就可以知道了。

春节刚过,迎来的就是中国的传统节日——元宵节。正月十五日是一年中第一个月圆之夜,也是一元复始大地回春的夜晚。按中国民间的传统,在这天上皓月高悬的夜晚,人们要点起彩灯,共吃元宵,一则以示庆贺,二则祝愿全家人团团圆圆,和睦幸福,并以此怀念离别的亲人,寄托对未来生活的美好愿望。

元宵过后的传统节日就是二月二。如果您认为此节和吃没有关系,那就错了。在我国北方民间,广泛流传着"二月二,龙抬头"的民谚。且这一天,家家户户要吃面条、炸油糕、爆玉米花,比作"金豆开花,龙王升天,兴云布雨,五谷丰登",以示吉庆。

上面所举的例子多是汉族同胞的传统节日,如果说尚不足以说明作者所要表述的观点的话,那么让我们来看一看中国少数民族的一些节日。

先说我们熟悉的火把节吧。关于火把节的来历,有许多不同的说法。且取丽江市宁蒗彝族自治县彝族火把节来源的传说:天上的大力士与地上的大力士相约在农历六月二十四日摔跤,结果天上的大力士摔死了,天神大怒之下,派了许多蝗虫到人间报仇,人们就用火把来烧蝗虫。但蝗虫越烧越多,不得已只好与天神达成协议,在农历六月二十四日给天神赔偿牛、羊、鸡、鸡蛋等物,白天用阳光照着赔,夜间用火把照着赔。从此,火把节流传下来（《新编丽江风物志》）。你看，还是和吃有关。

再看沐浴节。藏历七月阳光晴和，气候宜人。于是藏族人民把6日至12日定为传统节日——沐浴节。这期间，藏民们会骑着马，赶着车，带着糌粑、酥油茶、青稞酒等节日食品，三三两两，络绎不绝地来到河畔、江边和湖泊之旁，与水为伴，轻歌曼舞、饮酒作乐耍玩上整整一天。本来是个洗澡节，却又是和吃有关的。

有美好的愿望是人类共同的愿景，但是为什么唯独中国人将这一美好的愿景寄托在吃上？或者说，中国人的美好愿景总是和吃分不开？是不是外国人也是这样？让我们做一简单浏览。

圣诞节是国外一个最大的传统节日。众所周知，圣诞节是因耶稣的诞辰而来。随着基督教的广泛传播，圣诞节已成为各教派基督徒，甚至广大非基督徒群众的一个重要节日。在欧美许多国家里，它甚至成了一个全民的节日。但是提到这个节，人们想到的只是圣诞卡、圣诞老人，而始终无法和吃联系到一起。

正如圣诞节一样，近年来，情人节也已悄悄渗透到了无数年轻人的心目中，成为中国传统节日之外的又一重要节日。情人节的传说有很多。有的说法是，在古罗马时期，2月14日是为表示对约娜的尊敬而设的节日。约娜是罗马众神的皇后，罗马人同时将她尊奉为妇女和婚姻之神。

这两个传统节日在外国是很重要的，但是很遗憾，我们却丝毫看不出一点和吃有关的内容。而让我们看到更多的是一种精神的追求和寄托。

其实，如果仅仅要得出一个中国的传统的节日和吃是有关的，而外国的传统节日和吃是无关的结论，我以为并不是什么难事，也并没有多少意义。而联想到中国的传统节日近年来在中国人中尤其是中国的年轻人中逐渐淡漠，而外国的传统节日在中国人尤其是中国的年轻人中逐渐热衷的现象，就使我不得不得出这样的结论：中国的传统节日都是和吃紧密联系在一起的，因此，在缺吃少穿的年代，人们自然是盼望节日崇尚节日的。但当人们不再为吃而绞尽脑汁时，传统的节日在人们的心目中也就渐渐地淡漠了。这就是中国的传统节日为什么越来越不受人重视的缘由；这也是中国的年轻人不喜欢中国的传统节日而热衷于外国的传统节日的缘由。

我在想，外国的传统节日，虽然有一些起源于宗教，但更多的是起源于对现实的人的关爱，如情人节、父亲节、母亲节等。而相比之下，中国的传统节日多是对神或者死者的一种纪念，如七巧节、二月二、端午节、寒食节等；外国的节多关注现在，中国的节多关注过去；外国的节多追求精神，中国的节多追求物质；外国的节一旦确立，人们总是在不断丰富其内涵，而中国的节，一些传统的东西，却被进行种种限制（如春节放鞭炮，端午节有些地方以安全为由，禁止赛龙舟）。而我以为，对精神的追求会使其内涵越来越丰富，对吃的过分追求却不但会使人身体受损，而且越来越没有情趣。

就在我要结束这篇文章的时候，《光明日报》2006年5月25日的一篇文章说："社会发展到今天，一个不言的事实是中国端午节习俗正在衰微。目前除个别地区和民族外，大部分地区人们的节日意识在逐渐淡化……"看来我的这种判断并不只是个人观点。

虽然不能说中国的传统文化是吃的文化，但和吃有着密不可分的关系是不争的事实，以至于当人们吃的欲望得到满足后，连传统节日被别人抢注了去，许多人都表现得十分无所谓甚至很麻木。我在做新华社记者的时候曾经搞过调查。问一些中学生知道圣诞节吗？话音未落，许多人表现得十分兴奋，几乎没有说不知道的。问到情人节更是欢快不已。但当我问知道端午节吗？有同学反问我，外国有端午节吗？怎么没有听说过呢？真是令人不寒而栗。而且更为遗憾和奇怪的是，连如今传到中国的圣诞节和情人节也发生了变化，圣诞节这一天，许多中国人都要以此为借口，呼朋唤友，痛快地吃上一顿；而在情人节这一天，除了约请情人大吃大喝一顿外，

"不约而同地发情"也成了外国人对中国人过情人节的嘲讽。

  文化是最后的一道国防线。而传统节日又是中国传统文化的重要组成部分,那么传统文化中传统节日的衰微是不是可以看作是国防线的受损呢?从这个意义上讲,满足了吃而忘了传统文化的现实是绝不可掉以轻心的。于是,我不由地担心,照此下去,我们的传统节日还能让我们吃多久?这样一路吃下去结果又将如何?

2006年夏于四川绵阳

难得不糊涂

最近读了一篇《糊涂官与人才》的文章，看后令人感到很痛快。因为他把糊涂官的糊涂写得很透彻，让人看到有些当官的除了"糊涂"，不具备任何本事。这样，真正的人才遇见这样的官，就只能气得口眼歪斜，或者完全心灰意冷，或者干脆从恶了之。耽误和贻误的表面看是一个人，而实际上，这样的人多了，那就会贻害社会，贻害我们的事业了。

读着这篇文章想起了在我身边曾经发生的一件事：20世纪60年代，有一个北京大学毕业的大学生到一个企业去报道，一位领导想从毕业生中选择一些人才留在机关，那时能留机关是一件相当不错的事，于是找了一些大学生进行谈话，和其中的一位大学生的谈话很精彩。对话是这样的——

领导问：你是哪个大学毕业的？

毕业生答：北京大学。

领导问：我问你哪个大学毕业？

毕业生答：北京大学。

领导说：我知道是北京的大学，但我问的是北京的哪个大学？（说此话时领导已经非常不耐烦而且有点气愤了）

毕业生说：我就是北京大学毕业的。（很有涵养、很耐心）

问话到此结束，在这位领导看来，这位学生纯是个笨蛋，这么点事都说不清。于是毫不客气地把这个学生分配到了一个很偏僻的小山村一个企业办的学校。直到多年之后，这位北大的学生才回到自己适合的岗位。

这事虽然发生在30多年前，但是至今说起来，不论是受害者还是听众都觉得哭笑不得，甚至不寒而栗。

我还看过一本书上写过的一则笑话，说一个医生、一个小偷、一个妓女同时到了阎罗殿，受到审判官的审判。判官问医生：你是干什么的？医生答：我是个医生，专门救那些将死的人。判官一听就火了：好个医生，原来你是专门跟我们作对的，来呀，把他打入油锅。紧接着判官问小偷，小偷回答说：我的职业是别人把钱和东西放在那里，我就动手替他收拾起来。判官一听，这人纯是为了别人辛劳，于是赏寿命一年。最后问妓女是干什么的,妓女答道:我是专门为丧妻的男人、多年的鳏夫应急解渴的。判官一听高兴了,这人好,纯为人民服务,为别人活着,于是令赏寿命十年。看到这里我真为这个糊涂、甚至是混蛋的判官感到气愤。然而问题的严重远不止于此。由于这位判官的糊涂,使本来为民造福的医生"幡然醒悟",他请求判官只给他一天的时间,好让他告诉自己的儿子和女儿,长大了一个去做小偷,一个去做妓女。

天哪,多亏这是则笑话,如果社会上真有这样的事,如果家长都教育自己的孩子这样去做,社会将如何呢?然而在今天的社会上并非没有类似的事。

随着时代的发展,社会的进步,糊涂得像"笑话"里的这位不多了。但另一种好似聪明、精明,实则同样糊涂的官不是仍然时有所见吗?比如一个独断专行的外行,非要冒充内行到处指手画脚,结果破绽百出;一个不学无术的笨蛋非要装作学问高深到处发表演说,令人啼笑皆非……如此等等,不一而足,咋不令人嗤之以鼻!

当然,世界之大无奇不有,林子大了什么鸟都有,糊涂人也是人中的一员。然而,糊涂人做普通百姓可以,不碍大局,但连糊涂到像上面说的那位领导的地步的人都能当官,然后煞有介事地管人管事,就让人觉得实在不可理解了。我有时偷偷地想,是不是提拔这些人的人糊涂得比这些人还有过之而无不及呢？如果是这样，那就更惨了。

"难得糊涂"是郑板桥的一句名言，他是清醒装糊涂。时下有些人确实是糊涂装清醒。那么，真希望有灵的郑板桥再赐个"难得不糊涂"。

1996 年于沈阳

荒谬的逻辑

　　世界之大，无奇不有，从每天的读报中你就可以体会到。尽管奇不一定是坏事，奇不一定是荒谬，但荒谬一定也是很奇的。

　　昨天读报读到这样一条消息，某地一学校，将校园里所有树上已结的果子全部打掉了。有人问之缘由，回答是：怕学生爬树摘果子出现安全事故。和这则故事完全类似的一则是，某地在端午节前，将前些年花巨资打造的龙舟全部锯毁，理由是怕人们在划龙舟时发生溺水事故。乍一听，无论是学校还是地方政府都是为安全考虑才这样做的，但是这种做法实在有点荒谬。

　　为什么这么说呢？我想至少有这样几条理由：一、这是一种典型的推脱、不敢和不愿负责的行为。二、这是一种破坏行为，无论是打果子还是锯龙舟，都是以破坏为手段进行的，很难得到支持和认同。三、照这样的逻辑推理下去，结果不堪设想。

不是吗？如果说学校里的树上有果子可能导致学生出现安全事故，而只能将果子全部打掉的话，校外更多的果子该怎么办呢？如果全部毁掉，我们到哪里吃果子呢？照此逻辑推理下去，更可怕的结论还在后面：如果我们害怕将来生个儿子是盗贼，我们就该拒绝生儿子吗？如果我们害怕将来生个女儿被人迫害，是不是一生下来就要将她关在家里永远不让她走出房间呢？如果说此前曾有龙舟出事，而使此后的官员觉得必须将龙舟锯毁才是最好的安全措施，照此逻辑，那么，泰坦尼克出事后，全世界的轮船就该全部销毁；空难发生后，全世界的飞机就该全部停飞；有排球队员猝死后，排球运动就该就此取消；有人生了畸形儿后，就该禁止人类的繁衍；有人因吃饭而噎死了，以后的人就该不再吃饭……推理到此，这些做法的荒谬自然已是无须再论了。但其实，这种荒谬的事实在我们的生活中还屡见不鲜。我们的不少政府，不是为了春节少发生火灾就出台了禁放烟花的措施吗？这和上述做法不是如出一辙吗？对于这种做法，我以为已不只是荒谬，而且已经到了政府在严重破坏中国民间传统文化遗产的地步，这不能不说是一件令今人和后人都将痛惜的事情。

我多次参观过世界自然和文化遗产都江堰，它的精髓就是"深淘滩，低作堰"。说穿了就是"疏"而不是"堵"。这是几千年以前的先祖对事物的认识，而这一认识不应只局限于治水，应该在更高的哲学层面。可惜，几千年以后，我们又有多少人真正认识到了这一点呢？我们又有多少人需要补这一看似简单实则并不简单的课呢？

面对安全隐患，一级政府一个管理部门，如果不作为，显然是不对的。但是如何作为？这是考验政府（部门）执政能力的关键。减少荒谬的行为，真正落实到科学执政，在中国还不是一件说做就能做到的事，还有一个漫长过程。而在这个过程中，我们只希望如此荒谬的事情能不出现或者少出现，这对一个地方来讲幸甚，对一个国家来讲幸甚，对人民来讲幸甚。

2006 年 6 月 27 日

期待儒商

随着商品经济的发展，经商的人越来越多了，随便哪一天，只要你留心接触一些人，肯定60%以上是个经理什么的，尽管这个经理有大有小。

经理做大了，企业家的头衔就会来了。只是在中国，对"家"的确认很模糊。时下，如果在称那个人为"家"的同时，能上升为"儒商"，大概被称的人心里会好生受用的。因为眼下"儒商"实在很时髦，据说20世纪还是"儒商"的时代呢！

那么究竟什么才是"儒商"呢？换句话说，儒商应该具备什么特征呢？纵观历史，不揣浅陋与冒昧，想谈点个人的看法。

首先，所谓儒商，想必应该既是儒又是商，而且"儒"应在先，"商"应在后。

因儒而商，因商而丰富儒家的内涵，商儒交融。

中国的历史上有不少称得上"儒商"的人。春秋战国时期的范蠡、子贡、白圭等都名副其实。考察一下他们的人生轨迹，都有一个共同的特点，那就是都极具文化修养、道德修养、做人修养和经营造诣。

范蠡曾用自己的文韬武略辅佐越王勾践战胜吴国。越复国后，范蠡被勾践拜为"上将军"，可他深知"共患难易，同安乐难"，放弃高官厚禄、一人之下万人之上的尊位，乘扁舟漂于江湖，操起了经商的旧业。范蠡的一生经商时间累计达十九年之长，在这十九年中，曾有三个高潮，就是三致千金。这个成就是很辉煌的。

范蠡为什么能在十九年中三致千金呢？这是因为他的学识与才华出众。

据考证，范蠡做的是农产品生意，而因为他懂得金、木、水、火、土五行的变化与农业的关系，所以经商时总是赢家。他懂得"岁在金，穰；水，毁；木，饥；火，旱"，"六岁穰，六岁旱，十二岁一大饥"。这样范蠡就在农业丰收时购进粮食，等到水火之年再抛出去，从中就赚了大钱。如果范蠡没有这些知识、文化、经验，一生三致千金怕是不太可能。

学识文化在先，商业利益在后，而且是学识文化给他创造了商业利润，这不能不说是一个典型的儒商。

子贡就更不用说了，他是儒家祖师爷孔子的高足，但他靠了自己的学识也成了当时有名的商人、富人。据记载,他富的程度足以和国君抗衡。他是地地道道的儒生,又是一个功成名就的商人。经商的人都知道这样一句话:陶朱事业,端木生涯。前者说的是范蠡,后者说的是子贡。可见要说儒商,陶朱公、端木君才是真材实料的。

其次,取之有道,予之有道。孔子说:"君子爱财,取之有道。"一个真正的儒商必须做到这一点。起码,一个儒商与"无奸不商"的商应该是两个商,而不是一个商。他们一不是靠假冒伪劣发财,二不是靠坑蒙拐骗致富。玩弄权术、以权谋私、权钱交易就更为他们所不耻。他们只能靠自己的才华学识、经商诀窍,按客观规律来做自己的事,这才能称得上"取之有道"。而前面说到的范蠡、子贡都是如此。所谓"予之有道",就是说一个真正的儒商在获利后应服务于社会,造福于人类,而不是为富不仁或奢侈糜烂,或用所挣的钱来修坟盖庙,吃喝嫖赌。范蠡三致千金后三散千金。第一次用自己的钱帮助越王复了国;第二次又用自己的钱支持齐国新兴势力的代表田成子登上了王位;第三次致富后常将财富散落一些贫穷人家。正是因为他的"予之有道",为富而仁,被司马迁称作是"富好行其德者也",也才赢得后人的尊重。

子贡亦如此。孔子一生之所以能够游历天下，靠的主要是子贡在经济上的强有力的支助，否则孔子寸步难行。而且据记载，孔子的晚年很窘迫，靠的也是子贡的接济。所以人们至今还说：孔子名扬天下，子贡功居其半。

总之，作为一个儒商，他应该具备传统的中国文化的修养、道德的修养、做人的修养。他身为商人却总有一种责任感和使命感、历史感。他绝不是靠流氓、无赖、"黑道"起家的，也不是表面"予之有道"而实则聚敛财富的贪贾、守财奴。

一句话，他的所作所为都是高尚的。

我们期望着，随着社会的进步，尤其是在"新经济时代"叫得山响的今天，中国儒商的队伍也能壮大起来。

1996年于沈阳

篇外

痛定还痛

平武县处于四川盆地西北部，青藏高原向四川盆地过渡区的东缘地带，长江的二级支流涪江的上游地区，地理坐标为北纬 31°59′31″～33°02′41″，东经 103°50′31″～104°59′13″；东邻青川县，南连北川县，西界松潘县，北靠甘肃省，东南接江油市，西北倚九寨沟县。距汶川直线距离不到 200 公里。全县面积为 5959.71 平方公里。辖 25 个乡（镇），249 个行政村。全县总人口 186073 人，羌、藏、回等少数民族人口 40022 人。

平武县自西汉置刚氐道以来，已历 2200 年。西汉高祖六年（前 201）置刚氐道，隶广汉郡，治地今古城镇。蜀汉建兴七年（229）分刚氐道地新置广武县于南坝，并改刚氐道为刚氐县，治地不变，两县皆隶阴平郡。西晋太康元年（280）更广武县为平武县，仍隶阴平郡。后魏孝武帝时（532—534）置江油郡，郡、县同治今南坝镇。西魏废帝二年（553）置龙洲，洲、郡、县同治今南坝镇。民嘉靖四十五年（1566）置龙安府，府、县同治今龙安镇。民国二年（1913）废龙安府，仍置平武县至今。"平武"之名，系取"阴平"之"平"与"广武"之"武"组合而成，乃"天下从此太平，永远休兵罢武"之意。平武县城龙安镇位于县境中部，因明、清两代于此设龙安府而得名。城区坐落在箭楼山南麓、涪江北岸的蟠龙坝之上，历史上又别称龙阳。

平武县地处盆周山区，海拔1000米以上的山地占面积的94.33％。西北部最高处岷山主峰雪宝顶海拔5588米。境内最大河流为嘉陵江最大支流涪江，贯穿本县157公里，其次有清漪江、夺补河等涪江支流15条、溪流428条。县境植被种类丰富。森林植被常见优势树种23科、37属、78种，有银杏、苏铁等孑遗植物和珙桐、连香树、杜仲、平武藤山柳等特有植物；草被植物有96科、332属、573种。县境森林覆盖率达71％，森林面积43万公顷，其中70％以上都是优质天然林，活立木蓄积量近4000万立方米。新中国成立后的50多年中，共为国家提供优质木材近2000万立方米。优势树种有家杉、柳杉、马尾松等10余种，珍贵树种有香樟、楠木、珙桐、红豆杉等。县境野生哺乳动物就有7目、23科、87

种，其中珍稀哺乳动物18种，属国家一、二、三级保护动物的有大熊猫、金丝猴、扭角羚等22种野生动物。野生大熊猫数量在岷山山系12个区县中居首位，被称为"熊猫的故乡"。近年来，县已先后向国家提供44只熊猫，其中3只作为"国礼"赠送给日本、英国、法国。

平武县与世界自然遗产九寨沟、黄龙寺风景区山水相依，风光相似，成都至九寨沟环线旅游公路东线纵贯全境，是出入九寨、黄龙风景区的最佳通道和门户，同时又是国家级剑门蜀道风景区的重要组成部分，有我国目前保存最为完好的明代宫殿式佛教寺院建筑群——报恩寺、三国历史遗迹蜀汉江油关、白马氐裔风情、王朗自然保护区、涪江龙门峡、龙门山森林公园等众多自然和人文景观，自然风光雄奇秀美，民族风情独特多姿，被中外游客誉为"黄金旅途"。

2008年5月12日14点28分汶川8.0级大地震，造成平武县3000多人死亡，2000多人下落不明，25个乡镇18.6万人全部受灾。

"5·12"，这个全人类该诅咒的日子，也注定要深深不灭地镌刻在全人类的心上，连同灾难深重的平武县。

5月12日，地震发生前，对许多人来说，生活和工作与往常并没有区别。但是这一天，我似乎是个例外，一上班心绪就不宁。面对办公桌上摆满的材料文件，我无心去阅；强迫自己翻了两篇，又莫名地想发火。接下来，就感到人生之无聊（为什么这么想，我也一直不知道）。从生之无聊，又涌起一种悲悯，悲悯自己悲悯别人。正是这种悲悯，使我想到父母姐姐从内蒙古来绵阳已经快半月，但我很少在家陪他们吃过饭。于是12点一下班，我便回家去吃饭。

大约是因为我的心绪不好，吃饭时我也没说几句话，饭也吃得有点沉闷。尽管吃的是我从小最爱的、母亲亲手包的土豆馅饺子。饭后，妻子去整理下午准备给儿子寄的东西，爸爸妈妈便让我躺一会儿再走，我似乎又委屈又抱怨地说："事情一大堆，哪有时间躺。"说完便转身上班去了。

下午到办公室后，虽然心绪仍然不佳，但手头有许多事情下班前必须做完，因此，我还是强迫自己开始工作。正在我专心致志地修改一份材料的时候，办公室急剧晃动起来。起初我还以为是附近在放炮，我正想开口骂，忽然听楼道里有人喊："地震了，快跑。"我还想稍稳一下，但是房子晃得越来越厉害，先是左右摇晃，后是上下起伏，桌上的、书柜里的东西开始往下掉，墙上已经裂缝，我一看没有停的意思，便来不及拿任何东西，几步冲出了办公室。"可能要死"这是我的第一反应。当时楼在摇晃，楼道摆的植物在倒下，墙上已经在掉水泥和砖块，人无论如何也跑不稳，满楼道的人已经失控，只能随大流一边哭喊一边向前跑。跑到楼梯处，有人抱着柱子喊："抱着柱子不要跑。"有人稍稍停了一下，可能感到不安全，又向楼下跑去。冲到楼门口，许多人又惊得停住了脚步：面前50多米高的一支全钢的火炬，正在拼命地摇晃，随时就要倒下来……那时，我再次想道：此生完了！幸运的是这支火炬虽然剧烈晃动，但一直没倒。

跑到楼下一个远离楼群的开阔地，正要长吁一口气，一抬头又望见附近一个建筑工地的起吊机已经严重弯曲变形，吁气变成了倒吸一口凉气。

冲出大楼后我做的第一件事就是，浑身颤抖着拨打家里的电话。不通，我又拨妻子、姐姐的电话，全不通。我害怕得更厉害了，我想到了我们住的楼并不结实，楼群十分稠密，而年近七十的父母行走又很不方便，尽管我们住的是二楼……

就在我明知不通仍急切地打电话时，接到通知：全体人员到广场集合。此时已有从市委和政府大楼内跑出来的几个领导在广场议事了。由于通信中断，我刚到广场就接到任务：率领两人立即到消防、武警通知人员前来广场。接到任务后，我意识到我想偷偷溜回家看看的希望破灭了。我一边执行任务一边仍然拨打着电话。那时道路已经严重堵塞,通信电力完全瘫痪。大道上的车在那一刻感觉一下多了很多。十字路口,由于没有了红绿灯,车辆乱作一团。消防车、救护车、警车等特种车辆发出的应急警报,此起彼伏,更增加了人们的恐惧。道路两边的楼房里的人正向道路中间的绿化带集中,人车混杂,使本来不畅的交通更加拥堵。就在车子停下的空当,我的一位姓禚的同事,急忙跑到路边买了一箱水,一袋水果,一袋面包。求生欲望最强时往往也是死亡威胁最大时,那时每一个人都感到了死亡的威胁。我们完成任务从这两个地方往回走时,德阳电台正在播出消息,我们得知震中在汶川,震级是 8.0 级。回到广场时已近下午 4 点钟。广场的人也越来越多。我刚到就听到消防的一位领导在报告城区伤亡情况。听到已有人死亡,心更加紧张。广场上,因通信中断后,人多而乱,找一个人,落实一件事,都不是很容易。在突如其来的灾难面前,一切都是慌乱的。

就在此时,我同时从两个渠道得到了家人的消息:一是接到了广州一同学的电话,他第一个告诉了我夫人安全的消息;二是遇到了我们同住一个小区的一位同事,他也告诉了我小区安全的消息。这使我紧张得快要崩溃的心放松了一点。

我是本单位第一个被点名立即奔赴灾区的人。回到火炬广场,已经有从北川灾区出来的组织部长在报告灾情。"北川严重,平武也不会轻。"这是我的第一反应。首先北川组队,带队的是市委一位姓左的领导。当时我正在他旁边,我知道北川形势严峻,建议他带一位地震局的专家,他采纳了我的建议。然后平武组队,我被点名到平武。听到我要到平武的消息,同事老余掏出了半包烟递给我,还问我身上有钱吗?烟我接过来了,我知道钱此时没有用所以没有要。另一个同事又悄悄给我递来了一个面包和一瓶牛奶。

将近下午7点,我们一行12人分乘三辆车从绵阳出发了。警笛长鸣,车在毁损严重、碎石纷飞的路上疾驰。从江油到绵阳的绵江路上,过去的车辆并不多,但地震后,道路上全是车,有的从江油往绵阳急赶,有的从绵阳往江油狂奔。我和农办的老王、林业局的老钟坐一辆车,但没等出城警报器就坏了。"非常时刻出错总不是好兆头。"我在心里想道。由于每个人都急,所以车辆剐剐碰碰不断,但是此时没有谁计较。因为走得匆忙,我们都还穿着短袖。而更为沮丧的是,此时我想和家人联系上的最后一点希望也破灭了,因为我的手机彻底没有了电。我像泄了气的皮球,几乎是一下子瘫躺到了车座上,一语不发。而同行的老王和老钟还在不停地拨打着家人的电话。终于老钟的电话打通了。他告诉妻子的第一句话就是:"我们正去平武,不回来了!"这句本来平常的话,却令我和老王毛骨悚然地一下子从后座上弹起来。"谁不回来了,是今晚不回来了!"老王纠正道。

绵阳至平武只有100多公里,但是因为左边是高山,右边是大江,路就修在山脚下涪江边,道路异常艰险崎岖。正常行驶也要两个半小时,深夜更是少有车行。在这条路上几乎每年都有几辆车出事,少则几人多则几十人丧命……强震刚过、余震不断,向平武进发,谁都知道意味着什么。一小时后到达甘溪,斗大的石头遍布公路,交通阻断。我们不约而同地走下车。停留,随时都可能付出生命的代价。我们只有冒着不断飞落的石块,脚踢手抬,一边快速清障,一边缓慢前行。然而,仅行几百米,路面又被房子大的石头和泥土阻断。夜色漆黑,凉风习习,左边是余震中不断滑落的石块,右边是深达数米的江河,前面是阻塞得严严实实的道路。万一后面出现垮塌退路堵塞,所有的人面对怎样的险境,不言而喻。

晚上9点多,我们遇到了从灾区抬出来的第一位遇难者。他被从北川陈家坝的废墟中救出,刚刚抬到途中,还没有来得及抬到医院。他的身下是一把长长的藤椅,他的身上是一块破烂的棉絮,他的脸上是已经凝固了的鲜血,他的身边是号啕的亲人……也就是在这里,我们了解到，北川的陈家坝死伤严重。我们立即将了解到的情况，借着手电的光记录下来，派人火速向绵阳送去。此时，正在向外走的人告诉我们，前面没有道路，山体还在垮塌，十分危险，不要进去。

危险，在我们的意料之中。而出乎我们意料的是，没有推土机，即使想冒险前进也寸步难行。看到我们一行没有退意又一筹莫展，一位村民提醒我们附近有台推土机。"这是唯一的希望。我们必须找到车主"。很快车主找到了，这是一位姓刘的复员军人，听了我们的请求，他也十分着急。但是，夜色漆黑，前路莫测，他的母亲坚决反对，并且推土机也没了油。我们一方面做母亲的工作，一方面冒着余震不断的危险到沿途去找油。前行百多米，总算找到一个加油站，但一位裹着被子睡在路边的妇人坚称没有钥匙也没有油。我们晓之以理动之以情，提出高价都可以，可这位妇人始终连身子都不动一下。看着这位在灾难面前如此冷漠如此无动于衷的妇人，除让我们觉得不可思议外，还令我们强忍怒火下了最后"通牒"：第一，必须打开门，让我们看看到底有没有油；第二，非常时期，如果有油不拿，一切后果自负；第三，没有钥匙，我们帮你撬门。大约是感到形势不妙，这位妇人终于起身打开了门。就在这里，我们找到了当时觉得比血还要重要的十多公斤柴油。

油找到了，但母亲担心儿子的安全还是不让去。我们提出来要多少钱给多少钱，但这位母亲流着泪说："不是钱的事，多少钱我都不要，但我必须要我的儿子。"是啊，一个人要想知道钱如废纸，莫过于正经历着生死大难。我们理解这位母亲，但不能放弃。情急之下，我们中有人站出来向这位母亲保证："危险的地方我们在前，即使死我们也先死。"这位慈祥的母亲终于被打动，最后含泪点头。

彼时已是晚上 11 点左右。像蚂蚁啃骨头一样，我们打着手电，观察着悬崖，陪伴着推土机，一点点地将道路往前推进。而这位母亲也始终没有离开推土机半步。她的陪伴，对儿子的安全其实没有任何帮助，但是，在这种随时有可能失去生命而得不到任何报酬的时刻，她无法选择阻止儿子，只能选择不离开儿子。这是怎样的一种伟大，怎样的一种爱啊。当我在夜色中看见她瑟瑟发抖却站立了一夜的身影时，禁不住泪流满目。

是啊，没有任何东西比突如其来的灾难，更能验证一个人的价值观、世界观、同情心和爱心。这短短几分钟，两位女性的不同表现就足以说明这一点。也就是从这时起，我忽然觉得自己坚强无畏了。

13 日午夜两点多，前面又遇到了三层楼一样高、大到上百吨的一大堆巨石。道路完全被阻断了，不但人没了办法,就是推土机也无能为力。唯一的办法是靠爆破来解决。但这个时间炸药哪里去找?和我们一路同行了几小时的桂溪乡徐乡长和一位驾驶员主动请缨,半个小时候后找来了炸药和一位专业人员。借着手电的微弱光亮,小心地装好炸药,一炮、两炮、三炮……虽然每一声爆炸的巨响都孕育着希望,但在此种情况下,每一声爆炸的巨响又可能带来巨大的生命危险,令我们格外心惊。炮轰后再用车推,直到凌晨六点多,第一个最大的拦路虎才被征服,一夜未眠的我们此时才松了一口气。

而在这期间(13日近0时),我们还抽空看望了安扎在操场的北川县桂溪中学的师生。虽然,这并不是我们要去的平武的学校。在此次地震中此校一人未伤,令我们十分欣慰。

将近8点钟,行至林家坝,更大的滑坡和泥石流在公路上堆积了200多米长、六七米高。位于此段的牛飞村属于平武县平通镇,在这次大地震中,该村的一个社有大半个被左边垮塌的山体推入涪江中掩埋,右边的山体垮塌后形成左右夹击之势。几十米的涪江被填平,以致江河断流。到底有多少人被活埋谁也说不清楚。几具躺在路边的尸体面目全非。环顾四周,惨象丛生,前行无路,所有的人都被惊得目瞪口呆。就在泥石流旁,一条黄牛被拴在半山的树上,欲逃不能,两眼发出求救的目光，我悄悄地跨过去，把绳子从树上解开，拍拍它的头，示意它自己逃生去吧。

从泥石流上不时有三三两两的人结队爬过，他们大多是北川和江油的，因为惦记家里的人，正急切地往回赶，一边赶一边向我们打听江油北川的情况。

此时，交通部门已经赶到，开始组织清理，但是，没有一天时间，根本无法清通。而这时，两支增援部队也已赶到，也不得不在这里止步。就在大家不知如何是好时，指挥长决定：一支向陈家坝开进，另一支由我们弃车带队向平武进发，并要求每个人爬也必须在10点前爬到平通。于是，一支部队立即过江后向陈家坝开进，另一支部队在我们的带领下，在犬牙交错的乱石间、在没过脚背的泥水里，在余震不断的危险中，手脚并用，向平武艰难跋涉。

过了泥石流路段，为了尽快赶到灾区，我们拦下了几台农用车和摩托车，说明来意后，他们二话不说，拉着我们就向灾区跑。下了车，我们问他们要多少钱，他们什么都没说，只是摇了摇头。人性中善良的一面，也没有任何时候比灾难面前表现得更为突出。

13日上午将近10点钟，几近泥人的全体成员带领第一支抢险部队终于进入了平武受灾最严重的乡镇之一——平通镇。曾参加过多次抢险救援的部队官兵后来说,山区抢险,重要的是交通,你们一夜辛劳开通的道路,为大部队顺利进入灾区开展抢救工作至少赢得了十几个小时的宝贵时间,为大批被埋者争取到了宝贵的生还希望。

进入平通,我们首先看到的是:道路扭曲,桥梁断裂,楼房或已垮塌、或正摇摇欲坠,瓦砾、鞋袜遍地,整个场镇一片废墟;血流满面、肢残体创的伤者,或躺在门板上、或蜷缩在简易的担架上,痛苦地呻吟、鱼贯地躺在路边、急切地等待救援;遗体如待碾的麦捆,成片地"躺"在操场上、道路边;哭声、喊声、求助声不绝于耳……

在这次地震中,中小学生死亡是惨重的,平通镇小学死亡50多人,中学超过百人。进入平通中学后,首先看到的是上百具摆满了操场的遇难者遗体。有的家长抱着死去的孩子放声痛哭;有的已经哭干了眼泪,呆呆地坐在孩子的旁边;有的在极力想把找到的鞋子穿到孩子的脚上;有的默默地点燃了一支香;还有的则在废墟上一遍遍地呼唤孩子的名字……他们才是十几岁的孩子,他们和我的孩子大小相仿,他们才刚刚开始了人生,他们有一个幸福的家庭,他们有许多美好的设想,他们活着时给不少人带来过欢乐……但是突如其来的灾难把他们带走了,留下的却是无数的苦难。看到这一场面,我再也无法抑制自己，不禁失声痛哭：天啊，纵然灾难无情，又何至如此残忍！

走出平通中学，虽然时近中午，三餐未进，但我们还是流着眼泪，立即和当地干部、部队官兵紧急蹉商后开展了有组织的救援。指挥长下令：第一，立即组织干部、官兵和所有车辆运送转移重伤员；第二，立即开展死亡最多的中小学校的救援，即使有一线希望也要尽万分的努力；第三，继续组织道路抢修，务必在天黑前彻底打通绵阳至平通的路线，确保后续部队快速顺利到达；第四，其他同志分头了解灾情并代表市委市政府安抚慰问受灾群众，12点到指定地点集合，研究下步工作……

救命压倒一切。虽然道路还不通畅，但是为了及时将重伤员转移出去，我们立即组织了一支由官兵、干部组成的伤员运送队伍。先将伤员从场镇转移到公路上等候的各种车上，送到林家坝，再从车上抬下来，由官兵和政府办、教育局赶来的机关工作人员共同抬过200多米的滑坡泥石流路段，再送上车向江油绵阳转移。

在平通的一个受灾群众聚集的地方，我们到来时，已经搭起了临时简易帐篷。大多数伤者也聚集在这里，当地的医生正在紧急救助。消毒药用完了，他们就到处去找白酒；没有纱布了，他们就用卫生巾代替，就地输液就地做简单处理。但是终因条件有限，伤势过重，仍有人在抢救中死亡。一位八九岁的小女孩，就在我们到来前死了。她被救出来时已经失去了双腿，但她还是清醒的，她还安慰爸爸妈妈，她没有事，她会活下来，但是她说太累了，想睡一会儿，说完任凭亲人怎样呼唤，终没能阻止她闭上眼睛。而这一闭就再没有睁开。是的，如果道路畅通，如果乡镇医疗条件很好，死亡人数也肯定会大大降低。

时近中午，气温逐渐升高。我们决定立即对遇难者遗体进行处理。能火化的送到江油火化；群众不愿火化的，可以拉走，但必须在有关人员指导下进行掩埋；对无人认领的在拍照后集体掩埋。这项工作，由乡镇、村具体负责。而牵头和负责的领导，无论是乡镇的还是村里的，他们有的人也是刚刚从废墟中出来，有的人家里失去了亲人，有的人还受了伤。一直和我们在一起的，是平通镇石坝村村主任。地震时，他正在自家二楼上睡觉。一楼是自家的饭店，客人走后，妻子正在收拾整理。地震发生后，楼房就塌了，但他大难不死，来不及找件上衣穿上就立即去救人。等到13日下午，他想起自己还有几万元钱没有来得及拿时，赶回去才发现早被人拿走了。他见到我说起这些事时，没有表示出太多的遗恨，只是苦笑着摇了摇头。

在这次灾难面前，我们的乡镇、村等基层党组织、基层政府干部和不少普通群众的表现之好是令人感动的。有人说，在此次灾难面前，上下两头表现最好，虽然我不敢苟同，但我并不反对。尽管我自己不占任何一头。

看到我们工作队的同志和部队官兵冒着生命危险行进了一夜后没吃没喝没做任何休整就投入救援，也同样感动了不少干部和群众。他们说："看到党和政府派来的干部和官兵，我们就看到了希望，灾难再大也有信心。"

13日15时左右，待平通的重伤员基本转移完毕，救援工作有序开展后，我们一行立即向南坝进发。

平通到南坝过去只有20多分钟的车程，但在这次地震中，道路大面积中断，要想进入南坝只能从一条很少走车且同样损毁严重、危险重重的便道进去。穿越牛角垭隧洞是无法选择的选择，这个长达数公里的隧洞，洞口泥石满地，洞内漆黑莫测，自地震发生后，这里还没有通过车辆，车能不能过去谁也不知道。我们每个人都在担心，但我们每个人都没有退缩，我们只是交代了一句"保持一定距离"就向前开进。车在隧洞行，发动机的声音格外地响，有多少碎石掉在了车顶上，我们记不清了，只记得每掉一块，我的心就颤抖一下。

在艰难行驶一个多小时后，车过垭头坪，到达距南坝场镇约1公里多的对岸山腰。眼前的情景再一次使所有的人震惊：从废墟中抬出的伤员，被运过涪江抬到山上后，再无力前行，出现了伤者成堆、鲜血成片、呻吟不绝、哭天喊地的撕心裂肺的场面。有的因为来不及救治，已经奄奄一息。看到此情此景，所有的同志马上下车，要求"所有的人必须下车，所有的车辆，不管是谁的，必须马上无条件掉转车头运送伤员"。而至此，许多驾驶员已经二十六七个小时没有合眼。等将400多名伤员转送完后，他们不知不觉又干了10多个小时。从进入灾区的那一刻起，我们就把救命当作第一要务，要求所有的人创造一切条件、不惜一切代价，挽救生命。

由于进入南坝的新老两座大桥全部垮塌，所有想进入南坝场镇的人，只能乘一艘容纳十多个人的危船。我们一行就是分两批乘船进入现场的。凄惨得目不忍视的景象，使我们立即意识到，南坝的情况更为严重。我们一边听情况介绍，一边冒着生命危险察看了全镇的灾情：房屋80%的垮塌，死亡和被掩埋的人数不下千人、重伤员近千人。南坝小学的情况尤为糟糕，加上幼儿园，800多人的学校至少有一半的人被砸死或掩埋。操场上道路边摆满了遗体，惨状超过平通。也许是我的眼泪已经流干，也许是我已变得麻木，面对如此惨状，我只有无言默立。

严重的灾情使所有的人感到：南坝转移重伤员紧急、抢救幸存者（尤其是幼儿园和小学校的学生）紧急、处理遗体紧急、把群众疏散到安全地带紧急……

然而，所有的紧急，都因道路中断、电力、通信瘫痪而使南坝成为"孤岛"，救援人员难进、重型机械难进、急需物资难进……所有的紧急都变得难以紧急甚至几近绝望。

夜幕很快降临。灾区的夜晚，在电力毁坏后显得更加漆黑。如哀如泣的小雨使所有的人陡增寒意与更深的哀痛。而我原来想到此后立即给手机充电和家人取得联系的想法又一次化为泡影。灾难固然是强大的，但和地震相比，我们的电力和通信又是如此脆弱、如此缺乏应急准备，也是出我意料的。而这些又恰恰似"水桶的那块短板"，不管其他的有多长，最终都显得多余了。

晚上8点左右，已连续工作了30多个小时、还没进一餐的工作队成员，才在江边的一个灾民帐篷边歇了脚。"四顿合一顿"的"晚餐"，只有清水煮过的一小盆面条和一袋咸盐。因为出发得太匆忙，几乎所有的人都穿着短袖上衣，此时冷得瑟瑟发抖。有的人实在支撑不住了，就席地而卧，有的人却始终无语而坐。我腰酸背痛得厉害，试着想躺下一会儿，但刚一躺下，潮湿的地面就使我痛得更加无法忍受，我只好将两只手垫在腰下，想稍稍躺一下伸伸腰和腿就起来，可是我却一躺就躺到了天亮。而就在我们过夜的十几米远处，却有来不及"安顿"

的11个遇难者"安睡"旁边。我想，在这个世界上，恐怕还没有谁和一大批死难者如此近距离同眠过。

因为牵挂生者，我们憎恨死亡；因为憎恨死亡，我们变得不再害怕。

14日一早，5点多就起了床，我看到了人类有史以来从未有过的，哪怕是小说上电影里也没有的情形：因为天气太热，大批遗体需要尽快掩埋，于是镇里仅存的几台农用车被用来运送遗体。一具两具……每一台农用车，都像装白菜一样，直到不能再装了才向外拉去。就在这样紧急运送的情况下，许多躺在太阳下的遗体，肚子已经鼓胀得像气球。而这样的运送几乎持续了一天。

交通中断，通信瘫痪，南坝真的成了"通信靠吼交通靠走"。外界情况更是一无所知。

平武的气温，往往是白天热得要命，晚上冷得难挨。加上蚊虫叮咬，没有电灯，实在不知如何是好。就在这时，不知是谁点燃了一堆火，顿时让我觉得，幸福之突然。这时候另一个欲望又翩然而至：我忽然想要一个收音机。

在此次大地震中，平武死亡加失踪的人数接近3000人。南坝、平通、县城（龙安）、水观是四个重灾区，而南坝尤为严重。面对灾情严重、施救艰难的南坝，我们决定：哪里灾情最重、哪里环境最险恶、哪里抢险任务最重,指挥部就设在哪里,工作队就战斗在哪里。于是一场没有退路的战役又悄然打响。抢救伤员,我们冲在前面;组织渡江,我们在高温下一站就是半天;架设桥梁,我们与官兵共同战斗……

为了更好地协调地方和军队的关系,两天后,我们还将指挥部及时更名为"绵阳市抗震救灾平武军地联合指挥部"。每天请来部队领导总结当天的工作,共同研究决定第二天要做的事,军地关系十分融洽,为加快抢险救援提供了坚强保障,使抢险救援工作在条件十分艰苦、没有任何机具的条件下艰难而有序地展开。绵阳军分区的徐政委多次到平武,我回来后他告诉我:"你们军地协作得很好很有序,你们的做法开了四川抗震救灾的先河。"我们创造性的做法也得到党和国家领导人、部队首长、省、部领导高度肯定。

15日早晨,我在云南一支1500多人的部队到达的嘈杂声中醒来。早餐是一大锅稀饭,已经长毛的饼子不舍得扔掉,在火堆上烤热后,就着咸菜吃下也觉得那么可口。有好消息说,一名52岁的妇女被救出。

下午,总算开通了一部接通县城的电话,但是不到半小时,就因余震再次中断。

官兵们还在陆续到达,幸存者也在不断被救出,而汇总上来的死伤的人数也在不断增加。因为我们要求紧急空投，所以这一天至少有四架直升机在南坝上空盘旋，但是没有一架降下来。这使我们先感到失望，继而感到恐慌。因为我们想要两瓶矿泉水都被告知有问题。灾难已经发生了三天多，现场已有了腐尸味。但消毒无药，防疫人员未到，救援既无手套又无口罩，只能组织人员自己赶制，新闻记者来得少，领导来得少，导致所需物资来得既少又慢，不但几天了大型机械仍然无法进入，连这些基本用品都难以保障，平武的救援真的是举步维艰。而这些除了身在平武的人，谁又真正知道呢？24日，省人大的一位领导来到南坝，他了解情况后认为：南坝的情况十分严重。

就在这天，绵阳的一位同事再来到平武，他居然给我带来了妻子为我准备的衣服和药品，还有一袋奶粉，而这时我还没有和家人直接取得联系。我也才想到自己至少已经有三天没有吃药了。但是，我听说一个刚刚出世的婴儿失去了母亲，就托人将奶粉送给了这个可怜的孩子，虽然我一直没有见过她（他）。

也是在这天，我看见官兵们抬楼板那样吃力，便去伸手相助，但是刚一伸手，小拇指就被轧出了血。我没有为自己的受伤难过，但我为我的百无一用而难过。而难过的还有，一条卷毛的小狗，总在我们的身边转来转去，两眼透出乞求的目光，多少个日夜过去了，但我仍然无法忘记。

到了16日,我感到,我们的境遇在一天天向好。这天一早,我们已经有了一部海事卫星。当然我做的第一件事,就是用这部电话和家人联系。电话里,妻子告诉我,他们昨天就离开了绵阳到了青岛。父母姐姐已经在飞往呼和浩特的飞机上了,而她也要在下午飞长春。她还告诉我,这几天虽然艰难,但她仍然想方设法,没让父母受多少罪。并祝我多多保重。我的一颗心虽然踏实了,但我的眼泪却流了出来:可怜的父母,他们在日渐年迈后,下了很大的决心才来到绵阳,但谁能想到偏偏会遇到这千年不遇的灾难。也算不幸中的所幸吧,就在地震发生的前一天,也就是11号的晚上,我和妻子才陪父母、姐姐及其她的女儿从都江堰回到绵阳。而在去都江堰之前我的计划是9日—12日让他们到九寨沟旅游,而且已经联系好了旅行社。那样,地震发生时他们将正好在平武县城至南坝区间。取消去九寨沟旅游的原因是我的外甥女感冒不想去。

在给妻子打完电话后,我又急切地给我一位姓何的老领导打了一个电话。当他听到我的声音后,似乎有点不敢相信,以至于他反复地问:你是志明吗?你是志明吗?当我告诉他确实是我时,他的语气才不那么急迫。他是我的老师,师如长辈,他肯定会急。他还告诉我许多朋友都在打听我的消息。

然后我又给远在沈阳的一位姓王的好友同学打了一个电话，而就在接我的电话时，他正在约另一个朋友，准备飞到绵阳来为我"处理后事"。后来，尽管他已经知道我平安无事，但还是于23日到达成都，24日赶到平武南坝。令我又一次感动得差点掉下泪来。鲁迅说"人生得一知己足矣，斯世当以同怀视之"，这位老友就是那种让你感到"足矣"的知己。我们俩毕业于同一个大学，但我是83级学中文的，他是84级学艺术的。在学校时我们不相识，毕业后却分到了一个单位——沈阳矿务局。2006年，我到绵阳市政府当副秘书长，他得知后马上给我来电话，第一句话就是："听说你当秘书长了，官有多大我不知道，但是千万不能贪污"，感动得我当时就掉下了眼泪。而这次他居然又冒着生命危险来看我。有这样的朋友能不让人终生以同怀视之？

也是在这天晚上，我们终于有了一台不知道从哪儿搞来的电视，我们知道了胡总书记和温总理来到了灾区的消息。从晚上的例会中我又得知，到达南坝的部队已经有15支，分别是：河北消防、内蒙古消防、重庆消防、云南消防、湖南消防、绵阳消防、空降师、泸州武警、预高三团、济南炮兵、40师、特警部队、广安预备役、绵阳预备役、平武民兵应急支队等，人数已经超过万人。会上还决定抽出一部分兵力架设一条低水桥，彻底缓解过江的压力。桥总算要动工了，我又长长地出了一口气。

道路，一直是困扰平武救援的瓶颈，自12日以来，我们就一直在为此而努力着。从林家坝到南坝，在很长一段时间，无论是白天还是晚上，凡是毁损严重的路上，都有工作队同志的身影。组织机械油料，协调修理机器，指挥快速推进，帮助疏导交通……他们心急如焚地希望能以最快的速度打通南坝的路，畅通平通的路。刚一进灾区，我们就发现，九环线响岩到南坝，道路大面积塌方，救援部队和物资只能从903穿过机耕道到南坝的垭头坪，然后再耗时一个多小时由人将物资背到山下再过河。为了加快救援部队和物资进入灾区，我们连夜组织协调装载机、挖掘机，通过10多个小时的奋战，抢出了一条道路，为伤员和物资运送缩短了1个多小时的时间。

17日，我们的主要精力放到了建桥上。因为从昨晚到今早，已经因为渡江而差点发生了冲突。在决定就地取材架设一座低水桥后，我们带着空降部队官兵，为了找到铁丝，不顾自己安危，在废墟上边走边找。

中午时分，我忙里偷闲又来到南坝小学。清理工作正在有序进行，教学楼彻底倒了，教师住宅摇摇欲坠，不倒的只有一杆五星红旗。在南坝小学的废墟上，我伫立良久。我在想，如果教学楼倒得不是这样彻底，也许死亡就不会这样惨痛，然而，生活中怎么可能出现如果呢！

现场施救工作即将结束，为了留个纪念，我捡了几本老师的备课笔记和学生的作业本。有两本比较完整的作业本。一本写着"五·二班杜丹"，一本写着"六·二班赵强"。透过这些稚嫩的笔迹，我看到了一颗颗可爱的童心，看到了他们眼中美好的世界，看到了他们的真诚与忧虑。

在杜丹的题为《美丽的春天》里，她写道："在春雨的滋润下，一朵朵美丽的花儿终于慢慢绽开了。粉红色的桃花安闲；雪白的菜花开得那么烂漫；地里的油菜花开得那么芬芳那么朴素。如果你漫步在菜花地里，无论心情有什么烦恼，都会烟消云散……"在《让我后悔的一件事》里，她写道："那是四年级的时候，我最喜欢的橡皮擦不见了……我怀疑是我的同桌小猍偷了，因为在我的橡皮擦丢了的当天上午，她借过我的橡皮擦。可是她怎么也不承认是她偷走的。于是，我威胁她说，'赶快还我，不还给我我就要告黄老师了，让你挨批评。'她说，'我真的没拿，你不信翻我的书包吧。'我说，'我才不翻呢，肯定是你做贼心虚，知道情况不妙故意藏起来了。'她突然哭了，我也没有问了。我下午放学回家，妈妈对我说,'你怎么把橡皮擦放在衣兜里了?'我一看正是我丢的那块橡皮擦。我想原来我真的冤枉小稞了。于是,第二天我向她道了歉,她也原谅了我,我们又成了形影不离的好朋友。"

她的最后一篇作文是《建议书》。她写道:"南坝小学的全体同学,现在的生活水平比以往大大提高了,许多孩子渐渐养成了乱扔垃圾和好吃懒做的坏习惯。在家里,日光灯就是他的阳光,零食就是他的餐点,电视就是他的天地。零食还乱扔,把自己的家搞得像个垃圾桶似的。而在大街上,在学校里也在乱扔垃圾,乱吐痰。劳动的时候假装生病逃避。所以我提出如下建议。一不能乱扔垃圾,看见哪儿有垃圾应该去捡起来,丢进垃圾桶里面;二珍惜别人扫地的劳动成果不去搞破坏;三劳动课要积极参加不要装病逃避;四要多种植花草树木不去摘花摘叶;五别人在劳动课上不去应该劝解他去。为了环境不再受到破坏,好吃懒做的人减少,我们一起行动起来吧!"作文本上标明的写作时间是 2008 年 4 月 24 日。距"5·12"特大地震只有 18 天。

而赵强的最后一篇作文题目是《50 年后的地球》。他叙述了目前地球的污染后呼吁:"我想,现在大家一起来保护这个快要消失的地球吧!一起来吧!"多么可爱的孩子,在他的眼里地球是可爱的,但是地球发怒了,连这些可爱的孩子也全然不顾。读着这些作文,我的眼眶再一次湿润了。

杜丹、赵强,如果你们大难不死,我祝你们一定要生得坚强,后有大福;如果你们不幸遇难,我祝你们天堂安息,并将你们美好的希望告诉更多的人们。

18日,大批的救灾帐篷已经运了进来,这天的主要任务就是拆除临时帐篷,搭建新的帐篷。如何搭如何分?我们定了两个原则:只发各级组织,不发任何个人,由组织对个人进行分配;先学生,后群众。这项工作开展得较顺利,到晚上,南坝就出现了一片片蓝色。看到学生群众住进了帐篷,我的心真的感到很高兴。加上今天的天气也好,这是我到灾区以来心情最好的一天。

到了晚上,忽然听气象部门说,明到后天有强降雨,心情更加难过起来。因为只要一下雨就会出现一系列连锁反应:山体滑坡、泥石流、堰塞湖等等,而这些又将直接威胁到救援和物资运输,甚至危及人的生命安全。

尤其是堰塞湖,平武文家坝堰塞湖以上连环的就有6个,任何一个出现问题都将对文家坝造成严重影响。这个次生灾害在我们来到的两三天后就开始困扰平武。但是,由于通信不便,我们在无法请示的情况下做出了三条决定:一、准备好炸坝用的炸药;二、专人随时报告水情;三、一旦湖水对下游形成威胁,立即连挖带炸导流泄洪。5月21日，在水位不断升高的情况下，我们决定开挖导流渠。最先进入现场的是当地的一位个体老板。我们请他来做这件事时是晚上，虽然危险重重，但他还是欣然答应。他只提了一个条件，有酒的话能给他带两瓶。紧接着进入现场的还有空降部队的官兵。文家坝、马鞍石等堰塞湖，之所以一直没有给当地群众带来麻烦，今天看，是和我们早关注、重实际、敢负责的工作态度和方法分不开的。

19日，我早晨起床的第一件事就是打开了收音机。我听到的是一遍又一遍播送的国务院公告。全文是："为表达全国各族人民对四川汶川大地震遇难同胞的深切哀悼，国务院决定，2008年5月19日至21日为全国哀悼日。在此期间，全国和各驻外机构下半旗志哀，停止公共娱乐活动，外交部和我国驻外使领馆设立吊唁簿。5月19日14时28分起，全国人民默哀3分钟，届时汽车、火车、舰船鸣笛，防空警报鸣响。"我一边听公告一边泪如雨下。在我的眼前立即浮现出那么多死难者的惨象，那么多仅仅尺把长就已逝去的孩子，那么多失去了亲人后哭干了眼泪的生者……我忽然想起，南坝中学小学的五星红旗还在飘扬，于是立即派人先将小学校旗帜下到一半。而中学的旗子，因为插在危楼上，人不能上去，不知如何是好。最后，没有办法，只能用一根长长的竿子绑一把镰刀将其彻底放下来。因为事情太多，中午我们没有吃饭。不到14时28分，所有在指挥部的人已经排队站立，没有人指挥，没有人喧哗。因为没有国旗，我们只能选择面向东方，选择太阳升起的方向。哀悼开始，我的眼泪再次如泉而涌。多少天了，我一直在流泪，但我一直在控制自己，今天我实在无法控制，我也不想控制，哀悼日，不就是给我们一个表达的机会，给我们一个痛哭的机会吗？任凭泪水和鼻涕一起下流，但我没有擦。自从进入灾区以来，我就是工作着流泪，流着泪工作，除了流泪和工作，我不知道还有什么方式可以表达我对逝者的同情对灾难的仇恨。哀悼早已结束，但我仍然无法抑制自己，我只好跑到僻静的帐篷后面，对着高高的山峦，任凭喉头哽咽泪水长流。直到流干了眼泪，我才在无人注意时走回帐篷。

民众的痛就是国家的痛。过去只有党和国家领导人去世才能享有的"降半旗志哀""全国人民默哀3分钟"的礼仪，这次能给普通的死难同胞，实在让人痛而欣慰。

下午5点多，我们派到另一个受灾较重的乡水观乡的人回来了，总算有了一个最详细的灾情报告，但是听了报告我们感觉到那里的情况真的很糟糕：包括救援人员，给养难保障、生命难保障。经研究，我们决定请求紧急空投，但地形复杂，空投也难，最后我们确定了两个空投点,为的是至少有一个能满足空投条件。

晚上,接到正式通知:当晚有6～7级地震。心情顿时又紧张起来。因此,为等余震,我们没有睡觉。果然凌晨0时55分,发生了强度较大的地震。

我们冒着生命危险走遍了平武所有的受灾乡镇。在我们看来,作为市委、市政府派出的指挥抗震救灾工作的领导干部,如果连重灾区都没有走遍,那不但是一种耻辱,而且根本就没有资格做指挥,更辜负了灾区人民对我们的期望,即使有再多的理由。

我从南坝到石坎的那天是5月20日。虽然路途仅有9公里,但桥梁垮塌、道路无影。为了准确掌握受灾情况,我们一行4人带着干粮和水,在无路的山间,在无桥的河上,蛇行而进。上面是不断下落的土石,下面是深达二三十米的堰塞湖。不要说遇上余震,就是正常情况下,稍有不慎,也是凶多吉少。就在这条路上,两天前,曾有一支武警准备开进,但因为道路原因两次折返。而我们这些年龄大多已经超过了45岁的人,今天的决心是不到石坎决不回。在过一段山体滑坡路段时,因为太陡太险,我们只能前拉后拽小心前进,但人刚过,余震发生,巨大的轰响,使身后山石滚落、烟尘弥漫。

要进到石坎,中途要在一条小河上来回穿行,而这条河上只有灾民临时架设的两根椽子或一条木板。水流漆黑而湍急，每过一次真让人心惊肉跳。路上的一个企业，在这次地震中厂房被摧毁即将完全垮塌，但因为无路可走，我们只能从这些即将垮塌的厂房里猫腰穿过，穿行时，我们连话都不敢大声说，生怕说话声震落这些摇摇欲坠的砖石。而厂房下还无法清理却已经腐烂的尸体和道路边死亡的牲畜在太阳下发出的气味令人窒息。直到此时我们才想起为什么那支部队在两天前会两次折返。穿过这段死亡之路，我们遇到了一位准备转移的受灾老大爷，当他听说我们是市里派来的干部时，一下子扑上去拉住我们的手，"扑通"一下跪倒在地，泣不成声地说："还是共产党好，解放军好啊！"就这样，我们硬是花了4个多小时，连走带爬地走进了受灾十分严重的石坎。

石坎是南坝的一个办事处，在这次地震中几乎被夷为平地，也是南坝受灾最重的一个地方。地陷山崩，房无完整，整个石坎，使人无法相信曾有人生存。在云南一支部队和空降师部队的救助下，这里的人员正在紧急转移出去。由于道路原因，转移异常艰难，往往是一个老人要由4到6个年轻的士兵来轮流背着护送。为了援救一位被困山上的82岁的老妇人，7个士兵被困山上十几个小时，最后，是在一个排的营救下才顺利下山。救援之艰险可见一斑。由于有部分老者死也不愿转移，我们不得不冒着烈日去做工作。

在返回的路上，天又下起了小雨，道路变得更加艰难。余震中不断垮塌的山石，使人徒增紧张。而就在我们不约而同地加快行进步伐时，一条足有杯口粗、3米长的黑蛇从我们面前夺路而过，令我们心头一紧后，更觉兆头不吉。

21日的几件大事是：17日开始架设的通往南坝的涪江低水桥今天上午成功架通。下午14时28分，军地领导等为此举行了简短的通行仪式。自此，孤岛南坝有了第一条通行的路。靠一艘小船每天运送人员、物资的历史告一段落。为此新华社发的新闻这样说："经过解放军官兵连续5昼夜的奋战，一条160米长、近3米宽的低水桥21日接通了地震重灾区绵阳平武县南坝镇，代替只能承载10人的一条小船，开始大量运送受灾群众和救灾物资。南坝镇连接县城方向的涪江大桥在5月12日汶川大地震中坍塌，全镇一度成了'孤岛'。运送伤员、受灾群众、救灾部队和救灾物资的重任，全部落在一条只能装载10人的小渡船身上。5月16日，空降兵某部南坝救灾部队主动请战架桥。在缺乏建材和工具的涪江边，他们砍伐5000多根山竹，填装6万多个石袋，并从倒塌的废墟中找来200多根木头和300多块水泥预制板，经过连续5昼夜奋战,在湍急的涪江上架起了一座离水面不高的便桥。据了解,通往南坝的涪江大桥已经开始建设。"写这条消息的记者叫黎大东,是我曾经的同事和一直的朋友,但需要纠正的一点是,参与架桥的还有成都军区云南部队的部分官兵。这么一条小桥新华社发了稿,可见它对南坝灾区的意义。

仪式结束后,我们又乘车前往平武县城龙安镇。这条路也是险象环生,只能边清理边通过。平武县城此次虽然没有太多的人员伤亡,但是房屋毁损严重。大多数的群众都住在临时帐篷里,包括几乎所有的机关也在院子的帐篷里办公。县城人员伤亡少自然是幸事,但是在5月12日通信中断没有了解到其他乡镇的受灾情况时,就向上面报告了平武县城的受灾情况,致使许多人把平武县城(龙安镇)的受灾情况当作了平武整个县的受灾情况,给人在第一时间留下了平武受灾不重的印象,给以后的救援工作带来了极大的不利。空降师部队的刘科长就和我说,他们已经进到平武的南坝后,还接到上级的命令,要求他们到北川,责问他们为什么要到平武?理由是上级了解到平武报的灾情并不重。而在石坎时,面对夷为平地的场镇,也有官兵质问我:你们为什么最初上报灾情说平武没有伤亡?我说当时指的是平武县城。这位长官毫不客气地摔下一句"你们玩文字游戏"转身走了。虽然我不是平武的官员,我也为此而多次愤怒,但是我毕竟是地方的,我只能委屈地接受。在实地察看了平武县城的灾情后,我们立即返回,返回时还察看了受灾相对较轻的坝子乡。

22日,我们一行从指挥部出发,前往垭头坪、檬子树、响岩、平通、旧洲等受灾群众安置点走访看望。下午又去了旧洲安置点。从南坝到旧洲虽然不远,但路途十分危险。在清通这条路时,一辆挖掘机就差点被全部掩埋。每次过这段路时,我真的十分害怕,因为陡峭的山上一直有泥石滚下,不论是行人,还是摩托车,还是汽车,到此都想急速通过,但正因为人人恐慌,行进无序,结果这里的交通一直不畅。也就是我们从旧洲返回时,一件没有想到的事发生了,车到最险处,本想急速通过,不料却偏偏发生了轮胎爆裂。就在这条路上,我在平武期间至少往返了十多次。晚上回到驻地,我们得知温总理第二次来到了绵阳。看到他老人家花白了头发,让人有点心酸。

不少受灾群众家里安顿好后,想找份合适的工作出去打工,我把这一情况和前来看我的同学一说,当时就得到他的支持。立即以月薪不低于2000元、五险一金买齐、终身包吃包住的条件,达成了解决平武300名受灾群众工作的协议。而且第一批40人于5月26日晚乘火车离开绵阳去往沈阳。

23日以后，指挥部的许多人因为有了新的任务已经在陆续撤离平武。我依然没有接到回去的指示。

尤其是在工作10多天后，我们感到对每项工作必须逐步规范。于是在百忙中，经研究制定了《指挥部工作职责》《指挥部人员工作纪律》《救灾物资管理制度》《救灾物资发放公示制度》等。这些制度的出台，使平武指挥部成为四川灾区第一个以文件形式明确了职责、纪律的指挥部；使平武灾区成为四川第一个以文件形式规定了物资管理的灾区；也使平武成为第一个在媒体、网络、公众场合公示物资发放的县。这些对有序推进平武的各项工作奠定了坚实基础。期间，我还先后陪同接待了空军政委邓昌友和交通部副部长等领导，并向他们做了工作汇报。

哀悼日结束的第一天，我剃掉了长了1厘米多的胡须。并在日记上写下了这样一段话："自进入灾区以来，我们几乎每天都在爬山坡，渡小船，过危桥，走险路，穿隧道，每天面对的都是余震、滑坡、泥石流……没有一天是安全的，每次出去时，我都不知道自己能不能再回来。甚至有好几次我都想写个遗书，放在我的包里。"

而且，我后来才知道，在进入平武的人中有这种想法的并不是我一个。

26日晚上，我接到了部里来电，要求我回绵阳开会。

27日，我第一次从平武回绵阳，这时，我已经在平武没间断地足足待了15天（我知道，在这期间，许多单位的干部在灾区是轮流制，每周一换的）。快到垭头坪时，就遇到了一次很大的危险。由于山体滑坡，道路被堵，许多车辆无法通过。好不容易等来一辆挖掘车，但随清随垮，挖掘车也只能挖一下看半天，听到鸣喇叭马上后撤。每次清通后也只能快速通过一到两辆车，就又被塌方堵死。我们就是在这个空当间穿过的。下午14点到达组织部。晚上住在部里搭建在建设银行院里的一个临时帐篷里。因为有一位从北川组织部出来的伤员，为了不影响她的休息，第二天我就住到了一个太阳伞下，不料半夜下起了雨，等我发现时已经躺在床上的水里。

28日，我又奉命陪同省委组织部一位刘姓的副部长来到平武并于当天返回绵阳，这一天天气晴朗，路上除了灰尘弥漫，我们没有受到惊吓。

29日，下了一天小雨。晚上下班后，得到上级一位领导要到平武视察的消息，须有人去打前站，我再次主动要求前往，陪我冒雨前往的还有同事小淳、小党、小国。到了平通已是晚上8点钟，而这里到南坝还有一个小时的车程。此时903已经不再放行，我们只能从正在开通的九环路进去。这条路在地震中已经面目全非。到处是一段被推到江左边，一段被留在江右边。路边的山石也在不住地下落，有时一垮就是半匹山。快到南坝时，我们刚刚经过一段险路，后面就传来了轰隆隆的巨响，半匹山垮塌，道路被完全堵死。一路无语的驾驶员小王这时才说："侯部长，你的胆子太大了，这条路也敢走啊！"到了南坝见到当地领导后，听说我是从此路来的，他吓得半晌没有说出话来，很久才说："算你命大！"而这天正是我第二十个结婚纪念日。这之前，我们本来已经决定，要去补照婚纱照的，因为我们二十年前太穷，没有照过。这天晚上妻子发来一条短信："我爱你胜过二十年每一天的总和。"

30日早，我们从南坝直接返回绵阳，至此，才彻底结束了"5·12"以来我在平武的工作。回到绵阳接受新的任务。主要有：一、负责江油遇难学生家长的全面工作；二、负责全市抗震救灾先进典型的表彰工作；三、负责全市组织系统先进典型的发现、宣传和信息的上报。

人虽然回到了绵阳，但我们的处境并没有一点改善。住的不说，饮食差得更是没有办法形容，就连吃饱肚子都成了问题。有一天我实在忍不住了，便对一位打饭的师傅说：你能不能多打点饭让我吃饱？死刑犯临死前还要吃顿饱饭呢，我们还能活几天也不好说。这位师傅先是吃惊，后来还是给我加了一点。那些天机关的多数干部真的还不如灾民。除了工作有人问，其他的一概没有人管。因此，当端午节前一天，一位老领导从很远的地方给我捎来了粽子、鸭蛋、水果时，我感动得无论如何吃不下去。

那些天聊以自慰的就是常有朋友发来问候的信息和苦中作乐的一些玩笑。

一位朋友在端午节那天给我发来这样一条信息："山崩地裂垮房子，死过一次怕锤子；该剥鸭蛋剥鸭蛋，该吃粽子吃粽子；帐篷里头过日子，每天余震也巴适；饭前余震多吃点，饭后余震揉肚子；一天不震为安逸，感觉不震有问题。"乐观坚强溢于言表。

另一位朋友给我发来了防震小常识："一、做个马脑壳戴在头上，俗话说跑得脱马脑壳；二、初一在家睡十五在帐篷睡，俗话说躲得过初一躲不过十五；三、可以出家当和尚，但不能睡在庙里，因为跑得脱和尚跑不脱庙。"幽默风趣令人开怀。

这次地震有两大特点：第一余震多，第二没预报。也许是人们对这么大的地震没有预报很有意见，所以，5月19日，地震部门放胆预测了一次，结果又没准。于是第二天就出现了跑余震的段子："比地震可怕的是余震，比余震可怕的是预报余震，比预报余震更可怕的是预报了余震却一直不震。"并且还出现了一副对联，上联是：

灾区人民无房可住在余震中等待吃喝；下联是：绵阳人民有房不住在吃喝中等待余震。横批是：都很恼火。

还有两条，很有四川人的个性，所以也记在这里。一条是：北川一位农民被俄罗斯救援队救出后，记者采访他有何感受，他想了半天说：狗日的地震好凶啊！老子被挖出来看到外国人还以为把老子震到国外了。另一条是：一个被埋50多个小时的幸存者，被救出来后，看到记者的笔记本电脑，第一句话便是能上网吗？记者回答能，他说，那你帮我看看大盘涨了没有？这是典型的四川人的幽默。

还有一条是说地震前后人们生活变化和讽刺地震专家的："原来一杯茶一包烟，开个QQ聊一天。现在不泡茶不抽烟，立个瓶子盯一天。早上摇一摇精神百倍，晚上摇一摇，通宵不睡。专家叫蛤蟆不叫，可以一丝不挂安心睡觉。蛤蟆叫专家不叫，务必全副武装准备逃跑。"

还有一条不知是谁发的。"朋友：活着真好莫在意钱多钱少，'5·12'的地震分不清你是乞丐还是富豪；活着真好莫计较权大权小，'5·12'的地震不认识你头顶着几尺官帽；活着真好莫为身外之物世态炎凉烦恼，'5·12'的地震有多少可以掩埋多少；活着真好，请记住汶川的分分秒秒，活着的人们应共同去体会生的重要爱的崇高。"概括精准令人顿悟。

临时紧急派往平武指挥抗震救灾工作的 12 名同志，大多是三天后才和家人取得联系的。四天后才刷牙洗脸，虽然蓬头垢面、衣衫褴褛、身心交瘁，但没有一句怨言。

地震发生时，我的年逾 7 旬的父母刚从内蒙古来到绵阳，在去往平武前，我根本不知道家里到底发生了什么。虽然 15 日我们就取得了联系，但是他们怕我担心，一直没有告诉我具体的情况，直到 6 月 20 日早晨，距离"5·12"已经整整 38 天后，妻子才一边哭一边向我讲述了他们的经历。

12 日地震发生时，他们正在整理要给儿子寄的东西，没有一个人在睡觉。地震发生后，他们立即就全部跑了出来。晚上，他们就住到了青年广场。因为他们一直以为明天就可以回家去住，所以并未紧张。虽然我一夜未归，但他们一直以为我在开会，一直相信我再晚都会回来。但是第二天一早他们从收音机从广播宣传车听到了绵阳死亡上万人的消息，而我还一直没有回来，才开始恐慌。但是他们一直坚信我在市里开会。为了保全父母的安全，妻子提出来，到乡下一个亲戚家暂住几天。打的到了乡下的亲戚家，冒雨搭起了帐篷，但刚刚住进去，就被通知，上面的一个水库可能溃坝，动员所有人立即向高处转移。父亲的一条腿已经瘸了许多年，但也只好在众人搀扶下向较高的地方转移并住了下来，至今我对这位亲戚心存无比敬意。14日一早，妻子姐姐见我还没有消息，而身患高血压、心脏病的父母又三天没有吃药，于是哭着立即回到绵阳。到绵阳后，妻子把父母等安顿好，便走路到处打听我的消息，她听说广场设了不少指挥部，估计我在那里，便先后跑到青年广场、五一广场、铁牛广场去找。三个广场都没有找到，她才忽然想起：火炬大厦不也是个广场？于是立即打车前往，平时只10元左右的车钱，此时司机一张口就要80元，她一边哭一边找钱，司机得知她是在寻找三日不见的丈夫时，才只要了20元。终于，她在组织部的临时办公地得到了我已经在12日晚上去了平武的消息。这时她的心虽然踏实了一点儿，但又马上觉得，再这样折腾下去，年迈的父母非出事不可，于是决定立即将父母送回内蒙古。

听说要送他们回家，父亲再一次失声痛哭，坚持没有见到我之前决不走。妻子一边安慰父母一边去买了到青岛的机票。他们是在欺骗了父亲我明天就赶到青岛的情况下才将父母扶上了飞机。在青岛住了两个晚上后，他们安全到达内蒙古。听了妻子的讲述，我才知道灾难中家里是如何艰难度过的。我也才知道历来能干的妻子，这次更是怎样的勇敢和智慧。他们在离开绵阳前，我的外甥女用手机拍了一张照片，后来他们交给我看，当我看到母亲的眼睛哭得如桃子般肿胀时，我再一次心如刀割。是的，在他们最需要我的时候我不但不在他们的身边，反而还让他们牵挂。而他们同样也是灾民。如果说我的冒死坚强，是一种使命和责任，那么，我对他们的使命和责任呢？后来，当我的一位远方的亲戚问我：如果那天你的父母出了事呢？我无言以对，但我被深深刺痛！

20多天后，我和我的儿子取得了联系。期间他打来了电话，虽然他的妈妈告诉了他我安好的消息，但他仍坚持要我亲自接电话，后来在妈妈告诉他我在平武后，他才没再坚持。在国外，他省吃俭用居然捐了1200多元人民币支援灾区。我为我的儿子感到高兴和骄傲。因为他还是个孩子，还不是一名党员。我作为一个党员，连捐款带缴特殊党费也不过2800元。妻子也捐了700元。

在平武，我们几天没有洗一次脸，没有刷一次牙，没有吃一口菜，没有刮一次胡须，没有喝过一口开水，最艰难时，我们每人每天只要一瓶矿泉水都成了奢望……我们规定所有的人睡觉时都不准脱鞋——因为脚太臭了。

别无选择时我们选择了前进，别无选择时我们选择了战斗，别无选择时我们选择了舍小家顾大家。而无数的感人事迹又使我们坚定了这样的选择。听了我们的经历，一位朋友说：没有任何东西比突如其来的灾难更能验证一个人的忠诚、勇敢、坚毅和爱。

巴尔扎克说：灾难不就是性格的试金石吗？当一位同事将我们的经历写进了自己的博客后，当时就有网友进行评论。一位名叫戈月素的网友说："读之令我想起了'风萧萧兮易水寒，壮士一去兮不复返'。"一位署名刘民的网友说："这样的人就是中国的脊梁。"一位署名何建胜的网友评论说："感动在我们的身边漫溢！这就是不幸中的最大幸福！"而一位未留名的网友则说："这真的是当今政府官员不屈的脊梁，要是这样的领导再多一些就更是我们无限的期望。"在这块试金石面前，我们自以为是经受住了考验的，我们的行为得到如此众多的网友的认可就是例证。

虽然我们中间没有任何人被评为先进，但我们仍然感到有一丝自豪。如果说有人曾为我们的事迹所感动，我也老实地说，我们也更为别人的事迹所感动。我的一位同事——北川县委——领导，地震发生后，他异常冷静地挥手大喊："让学生先走！"而自己遍体鳞伤差点没有爬出废墟；还有一位优秀而年轻的女性选调生——北川通口镇党委书记，地震发生后一直没有离开过她的人民，半个多月后仍不知道自己的儿子、丈夫、父亲、母亲身葬何处。不光是党员干部，许多普通群众也使我常常感动得泪流满面。另一位是安县茶坪乡千佛村的一名普通农村妇女,丈夫在地震中不幸遇难,但看到党员在交纳"特殊党费"时,她执意为丈夫缴上50元。她说:"丈夫生前是一名党员,平时村里谁有困难,他都会主动热情伸手帮忙,他现在走了,不能为大家做事了,但我要代他再缴一次党费,算是他给大家做的最后一点贡献。"

这就是大爱。大灾有大爱。

但是,人间大爱真的会感天动地从而不再有地震吗?

不。因为我们已经用无数生命祈祷过,而灾难并未停止。远的不说,仅新中国成立以来发生的7级以上的大地震就有:1950年8月15日西藏察隅、墨脱间发生的8.6级地震。1951年11月18日西藏当雄西北发生的8级地震。1966年3月8日河北邢台发生的6~7级连发地震。1972年1月25日台湾火烧岛以东海中发生的8级地震。1974年5月11月,云南大关发生的7.1级地震。1975年2月4日,海城发生的7.3级地震。1976年5月29日,云南龙陵县在两个小时内先后发生的7.3、7.4级强烈地震。1976年7月28日,唐山市发生7.8级地震。1976年8月16日,松潘、平武之间发生7.2级地震等。加上此次地震,总共发生的7级以上地震就达10次之多,死亡人数累计近34万人。

痛哉，平均每6年一次7级以上地震！惜哉，34万条生命！

但是，回首我们的沧桑经历，除了一时的痛惜，我们又做了些什么呢？面对一次又一次同样的灾难，谁曾认认真真地告诉过我们，中国是一个地震频发的国家呢？即使我们间接地知道地震频发，谁又曾认认真真告诉过我们地震在中国是头号杀手残酷无比呢？我们很多人知道火灾、知道水灾，常说水火无情，但是我们许多人不要说不知道地震无情，有的年轻人连地震的基本概念都没有。

我的一位同事小詹，在此次灾难中，真的是死里逃生，是一位名副其实的幸存者。地震发生时，她正在四楼的办公室，同室还有两位同事。别人知道是地震了，拔腿就跑，她不知道是地震，因此没有跑。最后他们全部被垮塌的大楼掩埋。在废墟下，她感到一片漆黑呼吸困难，于是她拼命地刨啊刨，终于刨出了光亮，终于在刨了两个小时后，自己从废墟中爬了出来。但是直到出来后她才知道这是地震，这之前，她一直还在问别人，这豆腐渣咋这么可怕！而另外两位同事因为先她一步而不幸遇难。小杨，我的另一位同事，地震发生时，她一直惊叹："今天的风好厉害，把房子都吹成了这样。"别人跑地震，她还纳闷："为什么都在跑？太好玩了！"直到长达80秒的地震结束,她仍然不知道发生了什么。这些,听起来天真好笑,但笑过后让人心酸。而这些,难道仅仅该由每个人负责吗?

尤为荒诞的是就在地震发生的前6天即5月6日,绵阳一家报纸还发了一条消息。消息的题目是:有感地震预示未来有强震吗?市地震减灾局、人防办值守政风行风热线解难答疑。原文是:"本报讯(记者刘强)昨天上午,市地震减灾局、人防办值守政风行风热线,就市民普遍关注的江油小震、地震带附近新建房等方面的问题,现场进行了解答。江油一市民咨询,前段时间江油有小震,是否意味着地震活动有异常?

地震是一种自然现象,是地球板块在运动中积蓄和释放能量的一种重要方式,3级以上地震全世界每年要发生十几万次,这些地震中有感地震并不多。有时发生的几次地震离大家近点都会有感觉,可能产生恐慌心理,实际上有感地震的多少与未来是否有强震并没有直接关系,大家不必有恐慌心理。"

"5·12"那天,也是我此生以来第二次跑地震。第一次是1983年11月7日。这天的05时09分46.2秒,山东菏泽市与东明县之间发生地震,当时我正在安徽上大学,震感十分强烈。由于是在睡梦中,男女又同住一个楼,所以跑得十分狼狈。有穿衣服的,有没穿衣服的,有穿鞋的，有没穿鞋的；有的人从楼上直接跳下摔成重伤；有的人拴根绳子顺着往下滑，双手被拉得血肉模糊；更有甚者，慌得把雨伞当降落伞打着雨伞就跳下了楼……虽无死者，但伤者不穷。而此次地震，仅我们单位就有两位同志受伤。全市因逃生不当而死伤者也一定不少。地震没有直接伤人而逃生不当使人伤痕累累是不是就没有办法避免？答案显然是否定的。因为我们许多人从来没有受到过一次地震避难逃生的培训、教育和演习。而这在许多地震频发的国家是必不可少的一课。教你逃生不一定能做到肯定不受伤害，但学会逃生减少伤害却是肯定可以做到的。如果灾难面前，我们每一次都凭侥幸，总有一天我们会遇到更大的不幸。而这不幸，难道我们每个人只能用运气去赌吗？

那么，痛惜过后，我们到底该做些什么呢？我一边抗震救灾一边想，将我们的精力如此集中地放在抗震救灾灾后重建上固然十分正确，但是，这毕竟不是我们永远要做的事情，毕竟只是不得已的事情，毕竟是被动为之无可奈何。而我们必须做的是，将精力集中在提高我们的地震预测水平上，集中在提升我们的灾难应急能力上，集中在增强我们的民房抗震强度上，集中在教育我们有效自救上。等等等等。这难道不是更加主动而有效的事情吗？

在经受了痛苦的灾难之后，我也在想，我们将精力如此集中地放在危险和困难上，放在危险和困难面前英雄们所表现出的可贵的精神上，固然没有错，但是，这也毕竟是一时的事情。一时过后，我们必须做的是，将精力集中在如何让这种精神代代传承上，如何让"多难"的现实变为"兴邦"的动力上，如何以此来治愈中国人健忘的顽症上。否则必然出现"大灾有大爱，小灾有小爱，无灾便无爱"的悲惨结局。难道这不是一件更为悲哀的事情吗？

面对灾难中形形色色的表现，我也在想，如果把大灾大难比作一盆显影液，把灾难中的每一个人比作胶卷，忠诚、勇敢、坚毅、善良、同情和爱等人性中的许多美好的东西立即会清晰地显现出来，但是许多我们不愿看到的也同时被显现出来，如伪装、撒谎、无耻等等。因为前者，有的人变得更加高尚从而无所畏惧，因为后者，有的人变得更加无耻从而同样无所畏惧。难道这不是一件比灾难更为可怕的事情吗？

亲历灾难，我也在想，历史究竟是什么？胡适曾打过一个比方："历史是任人打扮的小姑娘。"虽然对此我并不完全赞同，但是亲历灾难，却觉得确有许多人和事在这场灾难中很好地扮演了变色龙的角色。当时有位市上的干部要进灾区，路上碰到了一位地方领导，他希望他能带路一起去，但这位地方领导却坚决不干，理由是太可怕。第二天看到形势有变，连志愿者都来了不去肯定不行了，这位领导才进入灾区。但就是这样一位前后表现迥异的干部，最后成了轰轰烈烈受表彰的英雄。这使我想到，一个人只有在灾难来临威胁生命时言行是最真实的，除此之外难免有作秀的因素。而作秀一旦被当作历史，历史的真实便大打折扣。眼见之事犹疑未真时，书上之事又岂能全信？

  灾难是可怕的，但灾难中一些奇迹也往往令人惊叹。5月20日18时45分，成都空军某训练团在四川彭州市龙门山九峰村营厂沟成功解救出被困196个小时的王有群，这位60岁的老太太是汶川大地震中被埋时间最长的获救者；其次是马元江，5月20日凌晨零时50分，映秀镇映秀湾发电厂办公楼废墟中31岁的职工马元江被上海消防总队救援人员成功救出。此时距5月12日下午2时28分大地震发生，已近179个小时。再次是彭国华，在被掩埋170小时后获救。这三人创造了被埋170小时后生还的奇迹。程文，是平通镇石坝村村主任。地震时，他正在自家二楼上睡觉。地震发生后，正在睡梦中的他还没等彻底醒过来已被从二楼的窗户上摔了出去。他刚刚被摔在窗外，楼房就塌了。奇迹使他大难不死。我的另一位同事，北川县委组织部彭红梅，地震时正在上厕所。她所在的楼共六层,她在四层。等地震过后,五楼六楼不见了,她一人独立四楼,毫发无损。

灾难是不幸的,但不幸中又总有万幸。有人说,如果这场灾难不是发生在白天而是晚上,不是发生在5月而是7月(四川最高温的季节)……后果还要可怕。乍听似乎有理,但细想实在无聊。受了如此大痛之后,居然有心庆幸,在我看来无异于妻子和女儿被人强奸后还在庆幸没有怀孕一样。

唐家山堰塞湖在6月10日总算解除了警报。在让人"松了一口气"的同时(老实讲,我压根就没有紧那一口气)我也在想。这一处理结果真的是坚持科学的结果吗?当然,从与此有关的人员最后受到的表彰我们决不能怀疑。但是如果说科学,似乎未必。中国的许多人做事很怪,尤其是一些精于政治的人。一件事本来在可以花一百元钱处理时,决没有人愿意去处理。一个矛盾本来很小时就该解决时决没有人会主动去解决,因为如果此时处理了解决了,你决不会引起上面的重视。只有让一个小矛盾发展为一个大的矛盾时再来解决,才能得到上面的关注,才能要到你想要的支持,才能显示你的"才能"。这实在是一件令人痛心的事,令人深思的一种现象。我曾经把对于这件事的看法告诉一位姓冯的教授朋友,他没有直接说什么,只是给我讲了扁鹊三兄弟的故事。有一天，魏文侯问扁鹊："你们三兄弟中谁的医术最好？"扁鹊答："长兄医术最好，二兄次之，我最差。"文侯说："可以说出来听一听吗？"扁鹊说："长兄治病，是治于病情未发之前，由于一般人不知道他事先能铲除病因，所以他的名气无法传出去。二兄治病，是治于病情初起之时，一般人以为他只能治轻微的小病，所以他的名气只及于乡里。而我是治于病情严重之时，在经脉上穿针管来放血，在皮肤上敷药，所以都以为我的医术最高明，名气因此响遍天下。"我愕然：这样的事原来古已有之，也算是中国的传统文化了。只怨我少见多怪。

英国散文家、历史学家卡莱尔·T曾告诫人们"生活的悲剧不在于人们受到多少苦，而在于人们错过了什么"。但愿我们在经历了大灾大难之后，不要再错过我们不该错过的东西。否则，我们如何对得起几十万死去的冤魂！

"5·12"是一场灾难，但灾难一旦过去便不再是灾难。回到绵阳后我曾在日记上写下这样一段话："5·12"发生了，作为幸存者，我们同样无家可归了。为了抗震救灾，我当晚就冲到了一线，但是由于自己的脆弱，由于我总也擦不干眼泪，我注定成不了英雄，尽管我也舍生忘死，甚至舍弃了亲人，尽管我还受了伤。为此，我恨自己的百无一用。经历了无数个日日夜夜，地震总算过去了，但我忽然觉得，一旦你经历了地震，地震注定将震你一生，不是对你的肉体，而是对你的魂灵；不仅是因为地震的灾难，更是因为所有的人表现出来的忠义、勇敢、恩情和爱。这些，最终都将酵化为一种乳汁，滋养我不死的灵魂。

痛定思痛是不痛后的反省，那么，痛定还痛呢？

2008年7月

跋

　　写作不是我的职业，但是写字写东西却是我生活极其重要的组成。从我结束了忙碌的高考那天起。

　　我没有多少业余爱好。记得大学生活结束时，每人要按留言册上设定的内容写几句话，其中，有一栏是"兴趣爱好"。别人写得很多，让我羡慕，但实实在在都与我无缘。想来想去总也想不起什么是我的兴趣爱好，于是，我便只好在这一栏中写了四个字"胡思乱想"。三十多年来，"胡思乱想"过多少东西记不清了。但凡是"胡思乱想"后自觉有理有据的，都将其记了下来。于是林林总总竟有了百十来篇。忙里偷闲，从这百十来篇中选了四十多篇，编成一本小书样，并将其定为散文集。对这一定名，于我是不安的，一则深恐辱没了散文这一文体；二则这毕竟只是我"胡思乱想"的记录。好在如我等之流的作品，即使正式付印也绝不会有多少人阅读，最多不过是自我欣赏把玩罢了，恐怕连"辱没"的机会都没有，于是又自觉无碍。

另外，我决定要出这本集子的理由还有：一、我生性木讷，不善言表，而我又恰恰写了许多感激父母、师长、朋友的东西，出出来算是表达对他们的一种感激和感恩之情。二、我深信一个人的成长史发育史就是他的思想史，出出来也算是对自己这些年来成长发育的一个回顾和梳理。三、我这些年当过记者，当过国企的老总，也忝列行政官员行列，当记者虽然也出过一些作品集，也获得过这样那样的一堆奖，但终是没有成器；好不容易当了个"官"，人家又说我是个无官腔、无官气、不像官的官，于是我便觉得，活了五十多年了，原来自己是个一事无成的人。于是我想出本书，以此来证明一下自己的存在。四、我早就知道，如我等凡人是不会有什么成就的，但凡人也应该有凡人的人格，贫家净拂地贫女净梳头，虽然不算风雅，但也是凡人应有的气度。认认真真地对待工作、对待生活、对待妻儿、对待朋友、对待尊长，认认真真地做点凡人应该做的事，尽量将其做好，也算是对关心帮助支持我的人的一个交代，也算是对晚辈的一种引导。

生我养我的内蒙古大草原，虽然我是走西口的后代，但我的生命是从这里出发的。辽阔的草原，正是因为你的这份宽广与博大,使我终生多有感激之情,少有不平之叹。

我十分感激将我由一个农民培养成为一名大学生的安徽。虽然我的母校不是名校,但我生命的转折是从那里开始的。厚重的相山,奔放的淮河,像母亲一样哺育一个平凡而渺小的生灵健康成长。

我也十分感激让我第一次走上工作岗位的沈阳,虽然那十二年痛胜于乐。但你使我在今后的人生中慢慢懂得,对一个人来讲,痛,不一定是成长与进步,但成长与进步不能不痛。

我更十分感激能够在我三十几岁后容留我的天府之国四川。虽然我对它的贡献是那样的少之又少。

……

在所有这些地方,不管苦也罢乐也罢,不管伤也罢痛也罢,他们都养育了我。我没有理由不感激。借用大诗人艾青的一句话:为什么我的眼里常含泪水,因为我对这土地爱得深沉。

其实,2007年,这个集子就基本编好。当年,我冒昧地将作序的事交给了刘庆邦先生。感谢他的欣然接受。刘庆邦先生是中国著名的作家,是他第一个教我如何写作,并将我的作品在国家级刊物发表。

我还要感谢我的父母。如果说在我的身上还有一点做人的优秀品德,那完全是他们启蒙的功劳和言传身教的结果。

我还要感谢我的妻子。她不但对我频繁变动的工作给予理解支持，而且一生中总在不断校正我的不良习气，不惜委曲和牺牲自己，鼓励我向着优秀努力。

我还要感谢我的儿子。他在和我的通信中多次向我表示，一定要像自己的父亲那样教导他的儿女做一个正直的人（其实他的这句话深深地鼓励了我）。

我还要感谢大新仁兄、罡夫好友，多少年来他们给了我很多关爱，且对此书的出版十分关心。

我还要感谢四川省作家协会的同事们，为了这本书他们提了不少宝贵而真诚的建议。

我还要感谢四川文艺出版社的同志，没有他们也不会有这本书。

在这里我还要特别感谢吉狄马加先生，他是著名诗人、文化学者、中国作家协会的副主席，在我的书即将出版时，我请他写几句话、提提意见，他居然在出访的百忙中全部读完后写了长长的一篇文章给予评价并提了殷切期望，令我倍受鼓舞并深感惭愧。

我很荣幸此生有缘与阿来同事。阿来是大作家、大名人，我在去年来作协前就仰慕已久。我在忙里偷闲修订文稿的过程中，数次想到让阿来主席写几句话，但一直怕耽误他宝贵的时间而使他为难，所以，几次话到嘴边又咽了回去。眼瞅着书要付印了，我总觉得缺了阿来这个身边的名人、同事是个很大的遗憾，于是 11 月 29 日我跑进他办公室，说出了我的希望，没想到他不但欣然答应，而且 30 日一早，就写了一篇不短的文章，既令我十分不安（估计他一晚上没睡觉），又十分感动。

最后，我还想交代一下，我原来把书定名为《无家可归》。就在我取定这一书名时，"5·12"特大地震发生了。作为人类灾难的幸存者，我和许多幸存者真的无家可归了。我很后悔取这个名字。于是，我决定，将这本集子改为现在的名字。

为什么取这样一个名字？这可能是看到这本书的读者的第一反应。这里请允许我稍作解释。"达兰喀喇"是蒙古语，意思为"70 个黑山头"的阴山。它是中国北部东西向山脉，横亘在内蒙古自治区中部，是古老的断块山，是农牧交错地带。它的平均海拔高度在 1500 至 2300 米之间。仿佛一座巨大的天然屏障，在阻挡了南下的寒流的同时，也阻挡了北上的湿气，因此，也是草原与荒漠草原的分界线。它西起狼山、乌拉山，中为大青山、灰腾梁山，南为凉城山、桦山，东为大马群山，长约 1200 千米。据史料记载，阴山地区人类活动的历史非常悠久，是内地汉族与北方游牧民族交往的重要场所。我们耳熟能详的民歌"敕勒川，阴山下，天似穹庐，笼盖四野。天苍苍，野茫茫，风吹草低见牛羊"和唐代诗人王昌龄的"但使龙城飞将在，不教胡马度阴山"等，记载的就是阴山的风光和人类的活动。

我的家乡就在达兰喀喇中部大青山北麓的草原，是达兰喀喇生育了我，养育了我。虽然，我在它怀抱里生活的时间远远少于离开它的时间，我甚至以为忘记了它，但其实不然，只要我一闭上眼，一有空闲，就要想到它，我的许多回忆都和它有关。它像一座行走的山，像一个忠实的朋友，始终和我如影随形，因此才有了这个书名。

为什么选择现在公开出版呢？除了众所周知的原因外，大概还有两点：一是现在进了这个"圈子"，写点东西，出本书，也算职业吧；二是可能像我一个朋友说的，"以前走得太快了，忙，灵魂跟不上，现在没那么忙了，终于又等到了自己的灵魂"。

但我还得老实交代，尽管我尽了最大努力，由于缺乏良好的写作训练和艺术才能，文中的错误和缺陷是很多的。我之所以明知故犯，敢将这样一个东西公开示人而不知汗颜，绝对是因为太多太多的感激。希望读她的人能看在这一分上原谅我的鲁莽。

2008 年 4 月 1 日写
2017 年 11 月 30 日改定